时间的基本形状是纺锤体

程波 著

上海文艺出版社

目录

1　　故事集
23　　元写作
79　　电影诗
117　　节日叙事
145　　五月的十种病症【组诗】
163　　节气歌【组诗】
197　　世界杯札记【组诗】
209　　本事诗【旧诗】
221　　时间的基本形状是纺锤体
367　　后记：再次回归的"个人写作"

故事集

毕业季现编故事集

1
流水、草地、宿舍窗边的花朵、校园里的猫和几年前的自己
都留在这个季节里嘀咕：
走了的人会不会再回来？
这段岁月在他们将来的记忆里会是怎样的？

2
一小段旅程在电影散场时展开
一小片绿荫奚落着任性夏日
你在教学楼最高一层的露台眺望
看看有谁会抬头看见你短暂的悲伤

3
时光秀在女孩子们的红毯时装秀里
汗水和全妆是矛盾的，可这又怎样
就像以往有过的孤单时刻与笑容也是矛盾的
但恰好适合阅读、思考和成长

4
带着重重的行李箱下来，最后回一次头
想想，如果落下了什么细小的东西
你又不想再费力爬楼上去，喊一声
会有人像以前一样帮你从窗户扔下来

5

梅雨之夕走在操场

湿热阵雨,伞撑开又收起

陪你走了这几圈的人犹犹豫豫

说如果你不想回去就陪你继续走下去

6

游戏的间隙里跳出对话框

有人问你问题,像广告弹窗

干嘛呢?一起住了几年的朋友

要不要一起去看看合租什么样的房子?

7

从嘈杂的聚会里抽身出来

拨一个一直未拨的电话

电话通了不知说什么就说毕业快乐吧

上一次一起毕业时当面也是这么说的

8

航班是第二天一早的,典礼在晚上

离开的城市是熟悉的,去往的是家乡

告别的聚会不具体为了送别谁

你会觉得好像是特地为你而准备

9

从一栋楼搬到另一栋楼里住

在上过课的教室里接着上课
这样的毕业真没有感觉
如果你再不来到或将要离开我的大学

10
本来好好的,该笑笑该闹闹
可你为什么突然要和我拥抱
然后他们也上来和我拥抱,然后相互拥抱
未来未定但也很确定,它没有这一刻煽情

11
他们说毕业前要找和你有故事的人合影
你想问,现编的故事行不行?
那天下午你留在人群里很久
拍了好多照片准备放在纪念册里

12
后来,你们中的一些人会在重聚时醉酒歌唱
你们中的一些人会嘲笑年轻时自己的模样
你们中的一些人会在后来者的口中反复提及
后来,你们所有人终会在自己的幸福里藏匿

七夕节现编故事集

1

白色化入彩虹桥,鹊起

一路向西的身体回到神秘之地

旧相识见一面就会少一次蜜语

最后竟对朝朝暮暮有了明显的敌意

2

带去节日应景的零食给你,半糖

巧克力在工厂不如在你的手里甜

可是在手里久了它会软

那样也就没有了入口即化的快感

3

如果随你潜入今晚沉静的夜色

我或将不知说话或歌唱该用怎样的气力

如果惊扰了上一次你留下照看的小动物

你还愿意轻声呼唤它们回到这里吗?

4

走完城市的对角线是一种核心竞争力

快递员沿着记忆送去情感险

保单装在保温箱

草体的你的名字签在右下角

5

有这次相遇不能承受的事情
请把它放到虚构的情境里
细节总是因为过于真实让人偏执
再试试看,下一次会好些

6

那也是一个炎热的夏日
大水漫过堤岸,早于爱慕
经过一蹦一跳的冒险游戏
淹没了什么就假装拥有了什么

7

谈一谈你们在断桥俯视的风景
人在河水里成双,人工的浪翻滚
纵身一跃到不了桥对面,那跳下来
鸟迟迟没有成群飞来

8

摆渡车在等一个掉队的旅人
他或许忘掉了这一路所有的不快
偷偷绕过集合的时间地点
去更幽深的山林快活去了

9

足够的宽容和一定的忍耐

学徒的痛痒会在一定范围扩散
爱情顽石店的老师傅切割时间的晶体
越多面，越贵重

10
还是要警惕那些独处时的絮语
孤枕和一个人奔跑相似
回忆的配速和听的音乐一样不稳
说给自己的入声字其实也并不是很小声

11
故意抢跑的人被罚下赛道时偷笑
中场休息后球队的守门员不见了
这样荒唐的事还有很多
今晚如此这般的约会闯出的祸

12
最后按惯例要祝福有情人终成
还要鼓励失意者不失信
要尽量为狩猎和守望都唱赞歌
首尾呼应直抒，节日不需要留白

儿童节现编故事集

1

闯过镜面边界,时间和孩子
都穿着忧伤保留下来的旧衣裳
想快点长大,却还玩着夺宝冒险
永远都无法克服的蠢萌游戏

2

在美丽的花园里误食了奇怪的种子
然后就有奇怪的事情发生,孩子
发芽疯长,口中吐出鲜花和果实
一次枯荣就像干啰了一生

3

森林里有小路小屋和小动物
还有大灰狼老狐狸这些大坏蛋
城里的小学生不知道节日的郊游路线
去森林里一直带着教科书和成长手册

4

每个大人身体隐秘的部位都有一条拉链
儿童节那天会有个小人从里面拉开它
他们钻出来唱歌跳舞打游戏讲笑话
透明得像这些大人小时候眼睛里的泪水

5

六月从快乐的节日开始走下坡路

经历好几次考试,离开好几段旅程

可是,那个原本忧伤的孩子

竟不掩饰欢笑,一路跑下山

6

相较于观察孩子的面容,检测身高体重

这能更好地记录变化还是不变呢?

他们关上自己房间的门长身体

打开通关密语保持游戏的初心

7

一个爱唱歌的孩子在童声合唱团里

从最高声部一直唱到最低声部都没有离开

他学会了真假声的转换,就像惊喜和叹息

变声期的意思大概就是如此

8

孩子的天性是多么纯真,这如何表达

细雨落入花蕊中的感受,怎么讲述才更真切

儿童节晚会上,低龄的配乐诗朗诵者掌握了一些套路,作为观众的父母不愿看出来

9

经过青少年活动中心有彩灯装饰的大门

这几天你会看见穿着统一服装的孩子们

化好彩妆排队登车前往城市的各个剧场

不是商演也不涉及生存这是在欢度节日

10

童话书孩子爱，因为文字图画都是骗人的

孩子长大后不看书也不会再上当

却要不断面对看得见摸得着的谎

这是长大的孩子再次投入虚拟世界的逻辑

11

让人诧异的是这么小的孩子却这么自律

缤纷的糖果与冰激凌融化在梦乡里

思维在语言之前已经翻越了意义的高山

换句话说他在内心压根就不屑搭理愚笨的你

12

有的节日来自恐惧与悲悯

有的纪念牺牲，寄托美好愿望

儿童节的故事往往从很久很久以前开始

最后不必非得结束在熟睡开始之前

劳动节现编故事集

1

假期刚开始,作业很多

孩子用平板电脑写得飞快

才能挤出用这玩意玩游戏的时间

什么年代了,劳动节高低还是要拼手速

2

平时,空气篮球赛随时随地

劳动节到了,从虚拟来到真实的世界

可是球场和篮筐轮休

远行,承担不了一只篮球的重量

3

修改文字还不如去修车

修车源于昨夜酒驾的追尾事故

文字早就逃逸,摸爬滚打够了

过节回来,还口吐芬芳找你要保护费

4

劳动节务必早起

否则,一边不能懈怠的规训

另一边如此懒惰的定性

会成为晨梦里跑得很快的两只老虎

5

劳动节口号和劳动号子

可不可以拿来叙事

若可以,请加油打开八小时之后的黑箱

如果不行,请把睡眠和另外八小时还给我

6

美丽的人去找可爱的人

可爱的人在加班

人们都爱说,劳动是最美丽的

那么谁是最可爱的人?

7

工作玩失踪,徒步去了远方

这个假期你想要去找到它

说走就走,带着憧憬和诗意

盘缠还是它离开前留给你的

8

露天停车场里开起了音乐会

人们打开天窗,车载音响放到最大

在路上,垮掉了一代

下一个高速出口还很远

9

就像是最后一次离开家

最后一次跑出去撒野
带出去的东西都不带回来
带回来的都旧了

10
私人露台和公园草地
你喜欢哪一种烧烤风格？
帐篷和手推车的视野里，宇宙探索
值得一句倒装——"有病啊，你?!"

11
长假变小了，尺寸不能满足需求
无奈只好改名叫小长假
可最硬的劳动节还是核心
劳动让人快乐，甚至重复劳动也行

12
后来，总会有一种综合征
等在假期后半段的某个下午
或晚上，劳动节与其他节日的差别
无非在于带着反讽功能

平安夜现编故事集

1

很久以前,北方的草原被大雪覆盖

牧羊人赶着羊群一直向南走

牧羊犬跟丢了,羊也少了一些

南方今年大雪

2

礼物卡片上写着的东西

出现在眼前时不一定是真的

比如"亲爱的"

比如"爱着你的"

3

平安夜的工作可以拿三倍工资

但工作很忙碌,公园集市上

圣诞老人工作间隙来不及换装

她得抓紧时间给婴儿提供母乳喂养

4

圣诞树上的彩灯和玻璃珠越多

来年的运气会越好

人们总是用廉价的事物装饰美丽的梦

然后并不真的相信美梦会成真

5

为什么这个时候非要显示你的批判性？

送出平安的祝福不好吗？

战壕里的大喇叭在喊：

过了今晚我们还可以继续做敌人！

6

这样的夜晚，天空不舍得空着

慷慨的落下点雪花，吝啬的落下点雨水

热闹的投射些灯光烟火

孤独的只有注视的目光

7

孩子收到礼物就要立刻打开

打开后就要立刻玩起来

所以你准备带他们去许愿池和魔法屋

这是什么意思？

8

女孩决定明天就要离开这个城市

平安夜聚会之后男孩想挽留她留下来

他这么真诚和不舍

他想至少今夜她会感动得留下来

9

妻子发烧的症状很严重

男人赶紧出门去夜店找恬倩和美林
哪有漂亮姑娘,节日的夜晚药店都关了
退烧药的名字都显得稀缺又撩人

10
这是一个时机和概率问题
以一个无畏者的口吻送出祝福
或以一个过来人的姿态传授经验
还是正在病中低吟祝你平安

11
平安夜为什么没有月光?
月亮被骗着去赴星光家族之约
送礼物的老家伙才能偷偷上门
套路和偷心贼一样

12
后来,王子和公主幸福地生活在城堡里
有人天天给他们买菜、送快递
平安夜的礼物和套餐也都是别人送来的
他们憧憬着:明天一过能不能就到外面去

十二故事集

1

你匆匆经过这座魔都，

从郊区刚刚赶回市区，

无暇目睹一场车祸的发生。

夜半归来，

盛装的老派绅士

从地图中站出来，

他们微笑着向你行脱帽礼，

还说等了你他们的一生。

2

从巨大的皇家宫殿出来，

一转弯，

前面就是私立图书馆，

你要撰写的乡村医生和短命赛车手的生涯

里面都有回忆。

多本书上记着你要的答案

在另一些书中的位置，

以及注脚的很多种版本。

3

你失踪在婚礼上宾客的闲谈中。

他们谈论的是你

在桑麻交错的树林中
丢失了指南针,
却找到一个古典美人的往事。
看来,你得在时间的灰尘里
陈列许久。

4
使徒看见了文字的失窃,
你明明知道不关他们的事
还是扮演了预审法官的角色,
故事有多种讲法,
上帝以德服人,
但毕竟,毕竟
即便不在漫长的中世纪,
偷窥和蛊惑仍然是不小的罪过。

5
布拉格刚开始起雾的凌晨,
哈耶克与一个叫卡夫卡的年轻人
同时从噩梦里醒来。
他们生活在不同的街区,
他们很多次擦肩而过没有打招呼。
城市的屋顶如此美丽,
美丽的屋顶下人们
相隔得有帅克和 K 那么远。

6

一个姑娘撕碎破旧的衣衫
那姿态,
好像永远不再回来。
汽车停在零公里处,
她寄出一张白纸,
心中空空荡荡。
你离开巴塞罗那时,
为自己虚构了故事和故乡
叫那从未离开的人体验乡愁。

7

站中央车站的候车大厅里
你看到玻璃窗外这样的变化:
一个城市成为另一个城市,
一个人成为他自己。
火车一度挡住了你的视线,
让人看不出多年之前哲王的理想
今天在领袖的身上是否能实现。

8

克里玛向你解释战争:
在捷克语里哈韦尔和昆德拉
描述他们自己的生活
汉语里他们已打得不可开交。

9
多雾的爱琴海的清晨
和家乡朦胧的葡萄园多么相似!
许多声音搅乱了你的听觉,
齐声祈祷比誓言更让人牢记。
多年以前你在绿色的藤蔓下
曾与她在静寂中相依,
还听过纯洁的呼吸时起时伏。
异国的美丽新娘啊!
她不会知道
你度过了多少个与她有关的童年时光。

10
你来雾都寻求带有魔力的文字
她的名字恰巧冻结在忧郁的方窗之上。
它带来了你深蓝的眼睛
淹没了另一个女人
永远不会再成熟的躯体,
它的力量让你每次轻吟时
都仿佛经历了一次恍如隔世的诀别。

11
是哪一个深夜
你遇见过一位诗人
还用金币和他交换了钟表
"去虚幻的巴黎清晨游荡吧"

浓雾潮湿的舌头

强行伸入人们心脏的内壁

没有什么原因再能被记起：

你用他那因果错乱的手，

反复蹂躏世上疯狂的虚词，

它已断了三根手指，

却还等着第四次敲响木门。

12

没有到过的地方，

一条未走过的路，

游动悬崖或滑动的门，

世界走在数字的迷宫中，

讲故事像写代码一样，

这一点你确信无疑，

不论是谁给你通风报信：

蹩脚的诗人，

还是同样蹩脚的好莱坞。

元写作

涂鸦

翻墨是很老派的做法，与叛逆无关。
留下标记的途径有很多种，
真名不够真实，假名或代号也不够。
流浪的动物找到食物和居所之前，先逡巡；
黑鸟飞过灰白色的天空时，总排泄。
细长且蠕动着的东西何止蛇和蚯蚓，
咒骂被理解为赞美的过程，
有时曲折漫长，有时根本不存在
有时也不需要很大的周章。
喷头就像抑制不住喷射的粗口
或生殖器，
粉刷会显得太粉，粉饰
被认为是一种优雅浪漫。

凌晨时分就起床，
拐过若干个街角，
躲过追光灯，
未破的墙壁与关着的门，
它们与你对视，打盹
目光中兼有恐惧与诱惑。
城市监控摄像头有伦理死角，
在定位系统的知识盲点暴露时，
抓紧时间弄脏它。

今天开始于玩笑与戏谑,
第二天,那些黑色的不祥鸟
就会被网罗,然后清除。
那些不愿意被清除的,确实有机会
成为艺术装饰笼中多彩的宠物。

很多人在一起时

你一个人的时候它不为难你,
诱惑你的是孤单,早些年
那些已经有些苍老的故事,
也不愿意主动在你面前招摇,
只是现在,
它们寄生的书籍没有签名和印章,
版权页甚至都已丢失,
它们具体的样子,
依然抽象地弥漫在文字中。
若远观,确实有些高冷和矜持,
强行进入后一切才会慢慢松弛下来,
不是别的什么,这是阅读
是一对一比肉体关系更深入的交流,
那些文字的马甲脱下来,裸露出声色
读给别人听的情形并不是很常见,
它们静默的时间比呐喊或呻吟更久远,
从开始到结束,
如果曾有过激动人心的时刻,
古典一些的做法,
你应该也不会想着向第三者形容。

很多人在一起时
为什么不去做点别的事情呢?

饮酒、唱歌，蹦蹦跳跳到天亮，
和所有被催眠的人一般
被药物和光影捉弄，都是可以接受的。
齐声朗诵是有诱惑性的，还有疼痛
崇高与卑微不是别的什么，
很多人在一起时的阅读，
不会让你觉得羞耻吗？
房间里的墙壁已经有一面坍塌了，
那些比身体更赤裸的东西，
暴露在空洞了的那一面，外面。
舞台上解放了的天性，
寄存在短暂的高潮段落里，
人群里的人，他人中的你
如果连阅读这么私密的事情都混在一起，
那和聚众斗殴或淫乱区别又在哪里？
集体写作可能也是一样的道理。

田间示范

城市里见不到了，经过郊区
还没有被征用的土地，
偶尔会看见农人低头劳作。
那里并无固定的人来在固定的时间
不像朝九晚五的上下班，或加班，
风雨起了太阳大了那里一样也没人打理，
外人可能不知道田间的节奏，
不知道农作物的成长密码，
那里产出的豆类果实或者土地下的块茎植物，
不以数量来计算，
却比市场上卖的、外地运来的、大棚里长的口感好，
价格可能会高一些，其实也高不了多少。

路远又露天，不可能是圈地运动的结果，
在那片时常被比喻为自留地的抽象领域，
深耕细作的传统方法，无为之治
已经有悖于时代，
统计数据还在张牙舞爪。
所以，这样的田间
这样的农人劳作是有示范效应的：
假如我们不去思考，
他们就会用纸币收买了我们，
还要用挑剔的目光剥开我们的外衣，

用手指着我们的骨头说，
看，这是垃圾。

你写在我出生那年的诗句
——读穆旦 1976 年诗选

你写在我出生那年的诗句,
按季节分行,疲倦了
句子就会长一些,
可它们会随风飘落,一段又一段
人生至少有一段本就是寒冬。
独自回顾那些已丧失的财富,
那些急促的呼吸变为沉默,
头顶苍穹,全部努力,
不过完成了普通的生活,
时隔多年又可以写作的生活。
诗句从生活中生长出来,
给你花香和可食用的浆果,
那时节,人需要不断行走
笔在纸上也很少停留,
有人从你简陋的书房里拿出桌椅,
烧火做饭,有烟火气
现实的卧室就是书房,那里空空荡荡
可写的事物却有很多。
我出生那年是多事之秋,
你重新写作于忧患中,
并非为了后来的不朽。

便笺

知道你可能要来,
跟你说一声今年的秋老虎很厉害,
之前的梅雨时节,
南方的胡须在盐碱地里生长,
我得花精力照看。
现在好了,你的造访始于
一次我们谈论到的旋翔,
恰好我也有了一些空闲的时间。

时代毕竟不同了,
身份证明文件丢了好几次
都有人捡回来,
我说谢谢,他们说不用,
他们说他们用不着。
不管政策是否稳定,
都想种上前些年你画的常青藤,
纠正一下双眼色弱的毛病,
去年托你带来的金银花已没有了踪影,
唉,不是浇水和施肥的原因,
也无关乎缘分问题,
我想,全赖风水不行。

晚间的湖畔适合独行,

走到有人的地方可以绕过去,
也可以假装思考问题,
等他们先离开。
你来的时候如果我已经走了,
那就先住下来。
深夜时分手机铃声叮咚一响,
就带上回程的铜锁来海边找钥匙吧,
收割机在库房,锈了
那艘小船和冲浪板都还好用,
我在老地方等你喝一杯,
如果你来时看见我在打盹,
没关系,就叫我一声。

给你的留言修改了几处

我一直在想　你
和关于你的赞美
为何不能同时降临。
现在我觉得　你
在满满一瓶墨水
流淌的深蓝的彼岸
背对着什么。

九月的桂花快要飘香了，
青鸟在天空中翱翔，
血液知道一切该知道的，
像月光下光洁的大海，
在黑夜里自己对自己诉说。

阳光柔软温热的脚
长长地伸展过来，
穿过失眠的空中楼阁的夜晚，
在不同的时间、地点
我修改了好几处给你的留言，
昏昏欲睡时
又会被突然闪过的念头叫醒。

少年人在学校的操场上嬉戏，

街角的空地上偶尔也有他们的身影，
身体对抗和辩论一样是友善和无可指责的。
他们毫不担心有什么东西会随时间流逝，
这样的语境中
光阴的故事已经很难被提起。

过往年代的喜悦忧伤，
青年人重又想起的隐秘花园，
我在那里会遇见他，
比刻意等你的次数还要多一些。
他问起你时语气轻松，
然而记忆的潮水会瞬间将我淹没，
我无言以对。

写了又划掉的几句话，
也就不再说了。
每个人都将度过日子，
包括已经这个年纪的你我；
适度的忍耐和更大的耐心，
包括稍早时的迷惑。
我猜想你应该也不会介意，
我们之间这样的内存清理，
在下次给你留言之前我想说：
如果一个人坚持漠视自己血液中
不断重复的絮语，
这个人过得并不好。

一曲

生活风平浪静,
偷渡者,在雨中
只是陌生人。
最幸福的季节,
灰尘落下的声音消失于落叶,
也轻于怦然一曲的拨弄。
不要去触碰那些荡漾着良辰的植物,
可以点赞、疯爱、斗艳,
既然有一种爱情改变了设计原图,
也改变了代谢的节奏,
那这一丝丝悬疑不安的气氛,
也应该是有时限的,
也应该是可以承受的。

要相信树木真的来过,
泉水也真的来过,
它们都深情地环抱过城市。
寻找幸福的日子,
在城乡接合部的某处,
某个衣着单薄的人,
重返初遇背叛的夜晚,
就像高调的蜂鸟,
飞过漫长的以为还有希望的沟壑。

躲避演奏会散场时的人群,
敬畏与赎罪都是借口,
自救梦工厂的机器已经开动了,
藏青色之物,有关呼吸的照片
要在午夜降临前,
挂在好几个难得明亮的角落。

秋日闪耀过的精灵,
都是会进化的。
用飞行模式曲解飞行,
用诅咒期待零纬度的乔木,
浪漫应该是
画布上善良的没有重力的色彩,
不是吗?
十一月之后,在别的地方
在月夜里还能散发光辉的事物,
会回到过去拥抱你,
你那过敏的青春、冰封的航程。
约定承诺时还没到法定年龄,
可以不算数,
你那会唱歌的鸟儿终究会长大,
茶饭未冷前,
用喙去吻滴落于过往的那颗晨露,
然后唱出一曲
拔掉了消声器、后驱模式的歌。

冬夜，我有一个朋友

我有一个朋友，
他说今年冬天异常寒冷的时候，
我们正在没有空调的小酒店里喝酒，
我只问了一声，是吗？
他就把一杯啤酒倒在了我的脸上，
还抓住了我伸出的拳头，
他说，别急，
我给你讲一个故事，
你看是不是全部。

她在那里斜倚着站牌，你说
城市的末班车为何迟迟不来？
她转过身体低下头，你说
你转过来，我送你离开。
你的手放在了她的腰间，说
你看着我的眼睛。
她看着你，小声地说话
犹如小动物在水面以下的嘶鸣；
她说的是什么
我站在远处根本听不清。

他说他是马路上撒野的穷小子，
随地排泄污秽随时流露希望。

天亮了他想在一个寒冷的清晨，
带着整夜的失眠和一大束鲜花，
站在雪地里……
希望能有雪，
那个偏僻的所在。
整个白天，他没有看见几个路人
也没有等到要等的人。
所以，又绕回到夜晚，
冷风何足挂齿，
她可能的到来比夜晚更值得。

你来迟了，为何这么迟才来？
她不说话。
你又去那种地方啦，你怎么是这样？
她不说话。
你还记得前些年的冬夜吗，你忘了吧？
她不说话。
你怎么不说话，你哑巴啦？
她还是不说话。
你打了她，我躲在门外，
听见很清脆的声音，
你打了她。

他说他常在一个人的房间里
抽烟时絮语。
模仿各种叙述者的口吻说话，

他说燃烧产生的有害气体，

无助于倾诉也不利于倾听，

却有着难以言传的快乐，

像梦想一样空洞，

爱情般迷人。

冬天的夜晚，我有一个朋友

和我在没有空调的小酒店里喝酒。

我们其中的一个，

拿起空酒瓶砸烂了

另一个人的脑袋。

我们其中的一个，

倒在地上，

另一个站在凉爽的风中，

手握想象中的花朵。

断章

1

时间是最古老的迷宫,

它有着直线这一最古老的形式。

你想过没有,我的朋友

接近某一时点前,

所有时间如果可以无限等分下去,

你知道它的一半在何处,

它的四分之一又在何处?

如果你曾经历过在重大时刻前夕发生的

对于你至关重要的事情,

那么你肯定不会否认有一个命题是真实的:时间是不断浓缩的,

或者说,

一个重大时刻所给你的东西,

包含并远远超过此前的任何一个瞬间。

由于同样具有可以不断细分下去的可能性,这一瞬间更为细微的部分

可以与往昔或将来某段长久的日子

形成神秘的对应和契合,

最重要时刻前的瞬间最值得回忆。

从这个意义上说,

往事在记忆中永不消失。

2

我不知道,

日子是从清晨还是傍晚开始,

我只感到,

一段时间以来昼伏夜出的生活,

令我精力充沛、快乐无比。

黑夜里的另一种生活,

以午夜梦呓为形式;

还很钟爱的东西,

依然感伤的事物,

如同那些令人向往、尚未开始的旅行。

在这个异乎寻常的周末,

早已无法再改变什么的年末,

我隐隐觉得有什么我不知道的东西,

潜入了我即将说出的言语,

我并不抗拒,像面对一个艳贼。

3

离开的人们能采用的最合情合理

又最富反叛激情的告别方式

是歌唱。

在一大群人中放声歌唱,

像是和所有人一起在整个世界中歌唱一样,让人无所顾忌,

心中充满了最后一次占有

但要完全占有的豪情。

酒精是一种催化剂,

把原本如白金丝一样内敛凝重的情感
在刹那间点燃。
酒精聚集了谷物精华，
醉酒带来的歌唱是语言的精华，
它们都不会改变事物的本质，
也不会把虚假的东西变得真实。

牛排与云朵
——2021.11.11 纪念陀思妥耶夫斯基诞辰 200 周年

当一个穷人走过货物充足的店铺，
怎能不感到炫目？
早年间，金钱是铸造出来的自由
现在的狂欢是数字化的、被教唆的
地下室里没有被惩罚过的虚拟罪。

听一个你爱的人说话，
忏悔也会是一种幸福！
今夜很漫长，
美好的事物比比皆是，却并不平等
就像生鲜店里的牛排三六九等，
产地崇拜的情况很严重。
饥饿的人面容微泛枯黄，
跟十一月苍白的雾色有些相仿。
称兄道弟的人们相互打赏，
有时也以姐妹论，
他们中最吝啬的也会认为，
如果舌下牛排的血色鲜美，
抬头看见的云朵也是美丽的。

暮色中看一眼熟睡的孩子，
穿过白夜再看看朝霞，

内心疯狂的青草,
在推销员的注目下蔓延生长,
谁最会欺骗自己,
谁就能过得最快活。
这是个源于自嘲的日子,
白痴也能看得出来,买一送一
被贴上了写满咒语的标签,
面对被侮辱和被损害的
讲适合冬天来读的故事为时尚早,
在名言警句里,
小说家出生时身体就不好,
到今天正好两个世纪
——可以这么换算吗?
也就是双倍的百年孤独。

世事提喻法

为什么世事总会眷顾一些人
同时亏待另一些人
为什么言语抓不住转念
又常先于思想
慧根藏于祸端
跟那一边更亲近,决定
交出什么样的存货和战利品

猛虎是野心、荷尔蒙和理想的比喻
蔷薇用的是提喻法
花丛里有蔷薇
还有为蔷薇的葬礼
奉上的艳丽花朵,别样的
嗅觉早于味觉,晚于直觉
奢谈什么目光武器论
和中性科学的粒子对撞机呢

从湮灭的往事里寻找灵感
生存加速度的平衡者
从面具的艺术中来
喜悦是狂欢的前奏
忧愁里爬出绝望的幼虫
一群不知所谓的利益相关者

把秋水变成了云庐

探针般深入骨髓和腔体

指摘几乎所有人的不是

假装置身事外

如还没有退下的虚职

旅途提喻法

右膝与左肾呼应,
玻璃门透明开合。
一群蛤蜊路过小腹,
妆容精致,盔甲坚硬。
有关衣着和身体的讨论,
在背包里响了一路。
宿醉还是疾病,
区别并不是很大,
对于那些以小时为单位的逝去风景,
都是熊孩子的把戏。
缓释的药物,
隐喻还是治疗着旅途中的空洞?
忍住沉默,
是否意味着终点就要到了?

异禀

再找一个瞬间

像你离开时看我的那一下

怕是很难

交给你一些纪念品

作为对抗遗忘的工具

是我能做出最合理的事情

屏住呼吸的时间越久

脑中的图景就越清晰

脑袋埋在河流和溪水里

效果还要更好一些

那些没有实际意义的比赛

间隔很短、反复进行

说出答案对你很简单

如同猜出往日猜过的谜语

这个时节人们已不集训

也没有人还在意你的告别方式

少年学艺时的才能

说不清还能否派上用场

当危险在不远处等候时

曾为你挣得荣誉的才华和事迹

让原本无关的事物相连

在不同的时间地点
反复默念你的名字
成为咒语
弥漫在各种魔法故事里

羞怯地打听一下重逢的价格
可否直接用往事作为等价物交换
预言也许是真实的
你异于常人的才能如果也是真实的
可能需要你现场展示一下
我当然相信也亲眼见过
只是现在的人们已不知晓

再多的碎片时间也装修不出一个长篇

一大片杂草在后院的花园长出来
清理要占用的时间远不够它们继续疯长
事情往往是这样
雨水从防雨棚边缘汇集流入排水沟
声响远小于雨滴落雨棚时产生的
事情往往是这样

钢筋混凝土现场浇筑出屋顶
凿开缝隙埋入管道的工作费时费力
劳动原本是这样
那么多的垃圾在敲墙时产生
不及时运走堆在那里并不能标榜辛劳
劳动原本是这样

上一次扔掉手中的工具到现在不过几个时辰
重新拿起来似乎也是出于自愿
得失不过是这样
手臂抬起放下重复的次数越多
内心活动就越简单
得失不过是这样

人工和主材很透明如果缩减会降低质量
沙石砖瓦虽是辅料但不给充分也不行

结果或许就是这样
硬件坚如磐石时软件还提不上日程
骨架有规矩血肉还有机会放浪
结果或许就是这样

如果没有意外凡事总有完成的时候
这样的想法并不确定还可能显得天真
有些事显然是这样
分行写的文字不具有参考价值
再多的碎片时间也装修不出一个长篇
有些事显然是这样

短篇小说

有关一次离别或者相遇
没有特别的结构时序,高概念
低摹仿都可以。
羽毛何以飘落,
灰尘怎么扬起,
都要从天刚热起来的时候说起。

天刚热起来的时候,
我对自己说,这个夏天
无论如何要干成两件事情:
写一篇关于她的短篇小说
寄给《收获》,
另一件是送她乘飞机去美国。
她有一个好名字,
是一个漂亮的好姑娘,
我喜欢她。
喜欢一个人没有原因,
就像我没有去过美国,
但喜欢那里一样。
这个夏天,
我要送我喜欢的姑娘去我喜欢的地方。

她会说英文、法文、德文还有西班牙文,

但从没想过离开这个城市,
我不知道为什么,
也许都是因为有了我——
我只会说带口音的汉语,
写别人不爱看的汉字。

天气越来越热,
雨水也多,
事情进行得很不顺利,
看来我得先离开我喜欢的姑娘,
然后才好送她离开,
去我喜欢的地方。
没什么痛苦,
事情很简单,
不比学会使用微信或发电子邮件更难;
用不了纸和笔我有些不习惯,
可是习惯了就好了。

送她乘飞机去美国,
如果在英语里,
会像一首乡村歌曲那么浪漫,
但在汉语里,
它是一个文字游戏,
可以指一次一个小时的出租车程
加上一小时的等候,
没有任何感情色彩;
也可以是整个夏天的奔波

加上任何一个夜晚
留在地面的人看着天空很孤单。

自然很复杂,季节的更迭
像编辑老师的脾气一样古怪,
干完第二件事,
我回过头来对付文字
他就变了脸孔。
白纸成了救世主的一袭白袍
黑字是我温柔的午夜杀手
"没有生活"
秋天来到的时候,
《收获》告诉我:
整个夏天其实我什么也没有做。

现在我有时禁不住会这样想:
如果我是一个男人,
我不应该送她走而是和她结婚,
或者应该耐心地等她回来娶她为妻,
我们有机会在每一个充满激情的夜晚,
安抚内心深处的寂寞和忧伤;
如果我是一个女人,
我更愿意就这么一直远远地安静地看着她,
就像每天清晨从梦中醒来,
注视着镜子中的自己,
不论满意还是不满意。

小小说

长长的自动扶梯
从地下一层进入地下二层
地铁刚刚离开
我提醒自己在站台上要站稳
下一班车还有五分钟
五分钟,可以追忆似水年华老去
也可以在口罩和耳机里放空

地铁呼啸而来,呼啸而去
会为人们短暂停留
如果这样的时间、地点还可以有故事
有关怀旧的主题
那你得出场,干扰事件
可以从你出现在对面站台的那一刻开始

我注视你的目光如同一支没羽箭
离开过去的弓弦很久
才抵达现在生活的靶心
上一秒我还想找个垃圾桶呕吐
多年前不胜酒力的样子
下一秒我看见你就挥手喊你了
你没看见听见如一个完全陌生的人
我确实也没能叫出我已淡忘的你的名字

我可以上楼、过桥再下楼

翻山越岭跑到你那一边

赶在你的车到站前来到你身边留住你

不过，这样的情节过于俗套

没有什么人愿意花时间照看

自我审查和安全教育

像个有双层安全设计的橡胶套子

双层玻璃门挡住自杀者

声音和视线也被它们阻隔

漏网之鱼也就是扑腾几下

不会有什么大的意外发生

我在这边看着你上车离开

思绪被车厢拖出一小段

身体没动，更没有跳下站台

那天我喝了酒不能开车

叫了代驾又被放了鸽子

不是这样我不会出现

在地面与下水道之间隔着的那层地铁

开于隐秘之处的花朵

遗漏在光阴的杂货店里

那天我是真的看见过你

还是源于酒精的虚构

好几班车过去了,我都没走
幻想着你也许也看见了我
会自己找回来

时间的缝隙里往事无暇深入
分行写出的文字在碎片时间里
像是仓促的呓语
没头没尾也没有血肉的事情
成不了小说
即使再小些的也成不了

陌室

上山的路下山时因暴雨骤来而泥泞
山间竟无避雨的凉亭破败一点也行
行至水浅处移动几块青石踏在脚下
没有信号的手机晾干才能用来导航
问路能问出你的所在全得依靠德行

我不是受你欢迎的客人这我能理解
寻隐者不遇你要相信真不是有预谋
门外台阶上有多双木拖鞋沾满苔藓
它们的主人在你的客厅里高谈阔论
吹动草绿色门帘的是说笑而不是风

我也想疲惫的时候像你一样躲起来
那在一沓公文中失眠数着羔羊的人
怎么能与无用的清谈诵经相伴而行
勿再唱山下桥边顺嘴秃噜的流行曲
离岸的小船上丝不如竹更不知肉味

半包烟工夫我终下决心进别墅找你
没人搭理不速之客因尔等已经喝醉
卫生间里呕吐完出来的女孩认出我
她大声喊我那没有房子支撑的斋号
你这才晃过来感谢我光临你的寒舍

虚构人物素描

你醒来的过程是一系列简单动作
串联后的慢放,
你习惯于把一切弄成仪式,
好让许多隐秘的热情,
从眼睛里漏到贴进后心的某个地方。
早晨八、九点钟的太阳地里,
你的身体正涔涔渗出陈年的液滴。
到街上去,
你可以触碰存在主义思想家
一左一右的目光。

食物就是食物,
怎么会是书籍?
量多的日子里,
质优很重要
但更重要的是吞食的姿势:
细嚼慢咽虽已有悖于时代,
却利于大脑和你
全副武装的牙齿。
血液的奔突节奏鲜明,
你乐于交替扮演自律的绅士淑女
和放肆的饕餮之徒。
不让烟抽走你的性命,

酒渴饮你器官中的水分，

不让异性吸去元阴或是元阳，

斗室里的日子，

你过得其实比浮士德博士

更有滋味。

文字生涯无须分出阅读和写作

对于你，词语

与一个已不存在的存在者相比，

更适于作为自传的名称：

一个词语有一个词语的黑暗，

一生的黑暗里有一个永恒的词语，

对于使徒，

是上帝抽象的姓名；

对于盲眼智者，

是一个具体的创造物。

佛陀早已沉默了，

而你，

是否真的能说出什么？

穿过轩窗前的针叶林，

人工湖里的人造波浪，

始终

在你的左肋下翻滚。

一代人浓黑的午夜玄想，

成了你午睡后信步时间的休闲食品。

这就好比，

早年间的异国诗人，

多年后再次乘坐地铁横穿巴黎，

看见潮湿的意象

经过每秒二十四次的消逝，

成为机械复制时代的艺术品。

你夜晚的恐惧和喜悦

来自同一个地方，

你总是在进退维谷的时候

大叫一声，

从梦中醒过来。

耽于独处和沉思所赋予你的，

不经聒噪的耳朵会让你失去：

倘若作为盛唐的诗人，

你去过的地方　怎么可能都是故里？

公共图书馆里漂泊者！

宇宙的秩序博大精深，

落下的叶子就是再多，

也覆盖不了

书架上还未到来的深秋。

释重的一瞬

蓝色噪音如湿棉衣一样厚重
以至于在阅读这本象征主义诗集时
我猜想
自己是某种神秘之声
一瞬间的对应物……

我开始擦拭尘土的恐惧
在神经末梢涂上防风油
让一支并非怀旧的吟游曲
不合时宜地从指缝和钢板间
带血坠地
我翘首远处
从血管中缓缓而来的
该是一位吉普赛女巫
或瘦小的波西米亚醉鬼吧
他们站在我的脑壳之外
露出一点点鄙夷
目光因空虚而充盈

是从哪一次舞蹈开始
时钟在黑屋子里独自丧失
血液找不到出口
我倒出沉重的脑浆掩面而泣

不可思议地竟未想到

泪水和自残或许都出自古代

游戏中随处可见的道具和场景……

收起折断变软或黑或白的羽毛

拆卸锈迹斑斑的金属假肢

我就地取材　表演了

你在都市街头的悲惨往事

以相反的方式

博取另一些人的欢愉

事物

孩子。美妙的比喻。
突然安静离开的诗人。

陌生的音乐。降临在我们之间
静止的河流。一层雪白的
寒意。病人
奏出的安魂曲。泥土掩埋的
人体塑像。预设的空白。
不屑再有的呼吸。

一路颠簸的小船。形象
而又形而上的海洋。
血液的诽谤和处女的真实。交换位置
便无法存在的人
和他的世界。斜倚着
静卧着的堕落天使。
为远行唱出的美一句颂歌。
更早更孤单的
敌人。数目惊人的后来者。
逃避的词语。流亡者的秋天。
还在漂泊的妄言犯。处处流传
凋落于玫瑰精油的爱情。
止于核心商务区里婴儿的脚步。走失

在成人世界里哭泣的我们。

孩子的肢体。没有
任何内容的告别方式。
遗漏了时间和场景的结局。

事物的反面

成人。平淡的现实。
挣扎了很久还是留下来的病人。
熟悉的舞蹈。在陌生人之间
流动的山水。
复杂难辨的暖意。夜跑者
听到的摇篮曲。

沙石堆砌的防御工事。事先
张扬的丰满重影。
渴求很久也做不到的屏息。
要驶出漩涡的方舟。
形而上的陆地。
体液的忠诚。难免虚妄的薄情。
纠缠在一起便合理了的人
和他的执念。
翩跹着婆娑着的魔鬼。为潜伏
学会的每一句腹语。

更晚更众多的朋友。
先行者的坚定与孤单。
迎合的句子。夜归人的春天。
已经安定下来的流放犯。
他们口口相传

有盛开于隐秘花香处的恻隐。

起于城乡结合部的冒险。孩子

世界里欢笑的我们。

老去的肢体。内容丰富的重逢仪式。

规定了出发点和返回时间的短暂旅行。

夏天

探讨时间的论文陷入僵局。
以诗歌的名义,
有人被允许日落后
抄袭前人完美的奏鸣曲。
他们熟稔四幕悲剧每一处的技巧,
能将蛇形文字腰斩于
最暴露的位置。母语

诗人的衣着繁缛。冬天刚开始
他们就忙碌起来,那无异于
一场漫长的脱衣舞表演。
真诚投入的表情其实也很职业,
就像经过了多次分手的未婚男女,
等着用自白或自戕到达伟业的顶峰。

紫外线终于在最后一件亵衣上跳跃,
防晒隔离霜的发明,
让越深入者越痛苦:
险恶环境中的歌吟,
失眠时一袭长袍紧裹的秘密,
绕过几十个未走过的长廊,
还是撞在了季节的门上。
从此,母语

就和其他的雌性一样
爱上了比基尼。

探讨时间的论文到达母语诗人的胴体,
省略了若干字。

女诗人

时隔多年,隐藏在盘发
和细碎的日常生活里,
依然是一种策略。
跨过大半条河流,
去约你,如果是交谈
你能相信吗……
惜字如金都不是故意的,
低头瞬间那些木讷的言语,
短于无需写完的诗句,
怎么都不足十四行。
一次偶然的行走和停留,
和你脆弱的蜗居互文。
乡间足不出户的妇人,
节日里阳台上的啜饮,
或者飞来筑巢的小鸟,
或者楼梯上穿梭的宠物狗,
都可以用于止痛。
周遭风铃般的名词形容词
一个个悬挂在屋檐下,
习惯了,也并不是很起眼。
隔壁那个街区的语法和修辞,
并不走动的邻居。
躲在地下室昏暗角落里的拟声词和叹息,

每次轻吟时,

你都仿佛经历了一次恍如隔世的诀别。

可实际上,你也惴惴地相信

那些难写的隐喻和疾病,

会在未来某个时刻,

诞下属于你的、漂亮的孩子

读书日

隐隐感觉到一丝诗意，
还没来得及组织好语言，
就被别人写在了你读的书里。
从一场离别中归来，
你满身雨水，
用一滴泪的时间奔跑，
替代歌唱，
秒速四分之一米，
山中有路崎岖。
听别人一席话，
你跋涉了十年。

工具和书挨着放在床头，
时间之灰
在扉页和书脊间纠缠，
能用的都用过了，
便携式吸尘器和崭新的腰封。
那一沓纸
早已不是治疗失眠的工具，
何况书签。
如果侥幸可以睡去，
你会梦见黄金大劫案
还是红颜祸水呢？

双手和眼睛的距离，

在始终慢一拍的节奏里

暧昧起来，

当你开口读出页码的尾数，

静默的仪式即将结束。

一次发声练习就像一枚脚注，

指向消色的草原上

为了水和食物

另一场文字的大迁徙，

当然，迁徙也是为了生殖和繁衍。

白纸黑字如果真的会行走，

它们或许可以迎来魔法时刻，

在你没有考核指标的前戏中，

它们架起修长的双腿，静候

世界上永恒的那一本书的降生。

你迷恋的影子，

垫在几本无关紧要的书上，

也是如此。

引用你演出时说过的

血液不分国界
我的目标却在天涯
你的眼睛里有美丽的事物
但那又能怎样
未见到你之前我已爱上你
相思的舞蹈跳得绵长

每一次抬头看星空
我担心它们没有一样是真实的
在无尽的模拟算法中
数学是唯一真正的语言
十二根手指弹奏出的钢琴曲
质数的唯一性
在没有神的世界
该如何验证每个人都是不同的呢

当你回来时
我们都想证明我们没有欺骗自己
如果你能回来
抱歉,请什么的都别说
风吹走了答案
现实的河对岸是忧郁的未来
想好了吗,要不要一起过去?

到期日的诙谐曲

从相遇的常规情节里抽取几个跳跃的瞬间
序曲用梧桐叶落下的速度,就一小段
刚落地就被奔跑而过的人卷起的气流带偏
如被煽动不明真相的群众
不需要和弦,随意的处理会显得真实
过程要真诚至于结果可以再说
琶音和滑音间杂交错,藏拙藏不住手段
要就给他们在意的尊严
这是纵身一跃的愉悦还是收割的快意?

音符是可笑的,像困在旅店和景区
黄金周第一天的人甘愿被嘲笑
时间的艺术也应有契约精神
沉溺于禁忌的快感,到期赎回或偿还
向撩人心弦的高档场所去
天使掠过之后第二轮的投资要跟上
否则,就算摆烂
自嘲反讽的效果也不会有

转折前,要分角色进行问答和辩论
不易觉察的孤独感是无形资产
内心游动的悬崖能充分保障流动性
那些纷纷前来的挤兑者提出问题

美好预期的歌颂者会认真回答
短暂沉默中需要一些人声的点缀
比如粗口和叹息
一般在这里,人们会大笑

高潮与尾声之间,主题可以多次重复
批判与思考都得外化为滑稽的动作
如果没有配上文字的机会
旋律和节奏就得更夸张
清丽的美人突然浓妆
博取更大多数人的欢心
如果有,曲破可以单独拿出来演奏
诗句用悲悯的口吻吟诵
时间的暴力或喜剧的忧伤

电影诗

有关私影像的媒介考古

一

身体向外延伸是一个常识,包括二次延伸
追溯不会行走、没法爬行、翻不了身
手脚还没有成型的时候
意识是模拟信号还是数字的?
语言不是必须的
动作也直接和基本需求有关
外部世界的有效信息脐带血一般缓慢流淌
成长安静如黑白默片

真相会换了妆发因为岁月在变
有些时刻反复缩小放大,可逆整容
有些则消失在背景中
光学变焦其实是时光的事情
简易手持摄影是数码的
就像那些日记本里的文字
那么抽象还忍不住虚构
时不时还会分行写,排成各种新的形状
人体的信号系统会在第一和第二之间来回切换
低调内向的自我表达者很难不紊乱

穿过林地溪流,有刺的灌木丛

半腐的草叶和记忆碎片都会沾染衣衫

城堡在近处是否还让人期待

地下室能否一直私密安全

黄金分割一块钛白色的布然后挂起来

谁说要有光都相信

爝火虽不若星光,却是暖色

映出那些私密的影像

或最大限度避免灼伤

二

把影像从没法播放的介质里转出来

矫情一点说

类似科学怪人的拯救实验

或淘金者的迁徙

记忆深处或许也有一个没影点

绕过它,手边已触不到的事物会入梦来

抽象的情绪借着虚构形象不断膨胀

最后炸裂,像宇宙重归于奇点

像一场旅行。文字记录静态图片活动影像

杂糅的一起搅乱了剪辑的秩序

左对齐的人生似乎已过时要重新来过

时间的轴线笔直,运动之歌

留着气口等待大合唱

新铺设的音轨

能跑暧昧时期的磁悬浮列车

在平行时空里，影像如假想敌的魔镜
往事找到契机穿越回来
人们才会相信它的真实性
真的爱过一个人
偶然性的背面真的有人在劳作
能锈蚀的是年代久远的实体
这种质感的虚构光影
再古老，不过是你生命范畴内的事情

三

一支带着哨音的往事箭穿过迷雾
擦脸颊过耳边击中纪念日的背景板
浅伤淡血痕留在脸上，羞愧大于实际伤害
背景音乐串联静态图片节奏不够妥帖自然
有源音箱的振幅明显已扬起烟尘
分析和辩论都无益了，想想
用怎样的比喻摩擦岁月的软肋吧

决定性瞬间泛滥，碎片堆满乱石岗
一段高帧率影像是近未来的时光旅行者
手边滑落的非需品
不配装饰不留标签也没有产地证明
内心澄明的人拾掇非线性好运
混浊的玻璃体藏起祸端
超过标准长度的部分留下还是剪掉？

旅行途中，有人一直在犹豫

修复显然很困难像褪去连着血肉的皮肤
蝉蜕是浪漫的，如果入药还有助睡眠
滤镜和声卡的迷惑性很古典
遁地术和催眠术是干扰项
因为疼痛还是快感发出的轻佻声音
借着出色的手速
写入现实周边动荡的磁场
与影像一起成为更难拆解的考古对象

从一场离别中归来

从一场离别中归来
喉咙里的鱼刺和眼中的沙子
运气好
一片薄荷叶都能够解决
从一场离别中归来
电子烟没有爆珠
女制片人对女演员脱口而出的那句
亲爱的
没有任何感情色彩

在灯亮起来之前
还有机会沉默一会
片尾字幕分行排列、中间对齐
孤独如纸质杂志中的诗句
在灯亮起来之前
还可以多依恋片刻
小剧场里的小情人香气袭人
大银幕上的大师配乐爱死寂寞

散场时一起来的人偶然会走散
走光的先是观众
然后是隐秘的身体部位
最后才是内心,源于恐惧的伤感

散场时一起来的人偶然会走散
这是日常故事的剧场版
光从内部亮起或从外部透进来
机械复制时代的开场和落幕
像极了人们从一场离别中归来
偏执地奔赴下一场离别

烟和旅行电影

一次糟糕的旅行,雪片
和烟头落满城市。
孩子们捡起你的隐痛
扔到垃圾筒里,然后
开始扫雪。
你与他们素不相识,
他们的笑声在你的背包里响了一路。

避开高峰期去博物馆一趟,
把失眠带来的画像捐献给馆长。
侧门边的吸烟点,
职业微笑的价格低廉,
这断送了你
作为展示者和瞻仰者的前程。
你上次被拒绝的拜访是星期一,
今天的时间并不紧迫,
明天的事情可以等回去再说。

点一支带爆珠的烟穿过商业街,
在女人的目光和身体之间,
想尽力躲起来的感觉,
有种脆弱的快乐。
溜进十字路口的快餐店,

为了像放学路上的中学生一样,
享受靠拖延症争取来的休闲时光,
他们用塞满汉堡包的嘴谈情说爱,
间或提及第二天要面对的人生。

人一旦饥饿,
食物便会很快消散了实体,
而你之所以吸食无形的事物就已足够,
可能还是因为不饿。
跨过自动玻璃门的意义在于:
门外的世界寒冷,
而你的体温在门内的椅子上
平躺着未动,
但它身上已压下了新的顾客。

你回到坏习惯的发源地,
单人床上,
有翻阅多遍的超现实主义诗集
和还没看完的旅行电影,
"神经官能综合征"
——这是句广告词中的术语,
以此为主题枯燥的网络剧,
正在以每天一包烟的速度更新,
在黄金时段,
为了配合一项新法令的颁布。

你起身回到书桌前，
打开电脑和电子烟，
坐下又心有不甘再次站起，
不再期望完成什么具体的事情。

黑天鹅

离开一段漩涡的距离，
从未这么精确地计算过。
无雪的寒意阻拦了什么？
西北偏北地区的黑天鹅，
曾经从芦苇地
衔回很多孤独的瞬间，
那里的湿气凝结成冰，
冰冷的目光末梢，
会滴落数日前纯净的分泌物。
就像一株孢子植物在南方的黑夜里生长，
雌雄同体，没有同伴。
火柴点燃了，
可以照亮一下夜风中摆动的身体，
说不出的事情会在那里忽明忽暗。

暴雨前夕，无声的威胁
打断了对于舞者的造访。
雨滴落在没有拓宽的马路上，
旧天使等着老歌重放，
等着用音乐打扮出盛装的老式情人。
学习芭蕾的女孩子们盘好头发
列队从学校登上大巴，
横穿偌大一个城市，

下车时她们提着舞鞋跳跃，

身上是已经换好的白天鹅裙。

与此同时，黑天鹅

死死守候在梦见过的剧场。

群舞者没有姓名，

独舞者以一次致命的飞翔

薄祭大师退场，

而小提琴也从 E 弦开始堕落，

直至女人绷直的脚尖，

紧身衣中有禁锢的灵魂闪现。

无声的舞蹈溅满黑幕，

是遮蔽和挣脱束缚，还是随想象

消失在更深一层的自虐之中？

舞者缀入高悬于头顶的声音中思想，

静默地劳作，

以便进入一只黑天鹅

粘稠的梦中。

玩偶的歌舞

黑武士的音乐脱口秀一上来就宣泄愤怒，
好笑不好笑的都有掌声，
动物园里的猛兽不在笼子里，
这正是他们要的，就是他们
让跨媒介的威胁真实了起来。

一代歌姬前台演出不安和歉疚，
后台与自己房间的界限
模糊于幽暗森林之中。
女性面临的问题很多，
生育可以如同歌舞，还有
作为宾语的我也是这样。
雄性肢体的碰撞，信口雌黄
在游戏里作恶，现实中或可被吟诵。

导演和编剧不追杀剧中人，
只是和他们一起唱歌跳舞，
低照度与放低的姿态，
高光时刻面对高调、如此高蹈的人生。
追风逐电之足，
在不在于牝牡骊黄之间？
孩子和罪名一样可以莫须有，
但真的有了，何须

交给众人,

男人女人,谁能保证:

玩偶长大了真的就不会变成真人?

有关近期影院生活的思想汇报

一

黑箱里的光芒衍射到外面，
往往可以被称赞，
暂时躲在后面的人们，
时刻准备着跟随这样的轨迹，
走进有嘉宾主持和聚光灯的首映式，
或有审美快感的日常生活。
外面的光线渗入影院，
哪怕是一丁点，
虽不可避免甚至司空见惯，
愤怒的问候都要弄疼些什么，
还不能少了口号和仪式，
权力的威严。

工作日一整天，
影院空荡荡，
放暑假的孩子们都在上课，
课间十分钟
被用于争分夺秒地打游戏。
周末的晚上，
影院有时也是一副干净的面孔，
你以为是你进场早的缘故，

睡了一觉醒来,
散场灯都亮了还是这样,
你还欺骗自己片子不错观众不少,
这样有意思吗?

数字原本就不是中性的,
指涉时间是如此,
用于显示实时票房也是这样。
切入历史的时间晶体
或者现实的三幕结构
纵有百条复杂的线索和理由,
那血肉模糊的轮廓,
也不能推给一千个观众自己辨认,
万万不能如此。
数字可能也是中性的,
用于讨论那些被珍惜或浪费的光影,
要阴阳平衡。

二

道具枪的问题,
老生常谈
始终没有得到指挥者的重视,
解决方法就是按惯例
用真枪。
战斗的细节来源于书本不行,
革命者需要武器,

因为反革命手里有枪,

拿反了武器的革命者

是扮演者出了问题。

刺杀无声无息,

不能让子弹的声响暴露行踪。

一群人从四面八方聚集到一起,

为了有朝一日阳光普照,

今日只能躲藏和潜行。

血流出身体再流回来,

这样的手段可以是酷刑,

也可以是医疗救治,

这要依赖医生的立场,

救国救民,

一个更广泛意义上的医生。

在疗救行动的对比中,

疾病不需要隐喻,

日记往往无病呻吟。

一个好故事,

要有一个男人一个女人

还要有一把枪。

进一步说这把枪,

要区分是钢做的还是气做的。

三

该走的没有走开,

要来的迟迟不来,

光影也是等待的艺术：

光这么等可能爽约的人，

影响对手的折叠分层。

存在即本质，也先于合理，

在多厅影院转了一大圈，

另一大群同行的人，

决定各自为战解决焦虑，

分割成一个个寂寞的集体，

他们大多坐在不同的房间里，

也有个别人选择什么也不看，

游荡在有抓娃娃机和按摩椅的前厅，

外面明亮、单薄。

海报和预告片时间在先，

又似乎从近未来呼啸而来，

如同义肢的魅力，

面对克隆人的僭越反攻。

观看，陷入不易觉察的伦理困境，

思维导图和消费动线的关系，

远没有看上去那么简单：

从你视网膜背面的某个位置，

穿过存储时间的晶状体，

经过每秒二十四次甚至更快的消逝，

在倒数第三排一个叫"缺席"的座位，

加速厌倦或悲伤。

门关上总会再开，放你

一条生路。

灯光可能还会提早亮起，刺破

黑处的朦胧。

弹·幕

从前的民谣诗人,
年轻时有一颗摇滚的心,
更年轻的时候,
是小儿麻痹症的康复者。
批判现实与政治,
她用看似温柔,但能
刺痛麻痹的方式,
那一次次弹琴书写
与提笔吟唱的方式:
开放和弦源于开放和自由的内心
非标准音阶显然是非主流的,
那些标志性的打弦,
冲击着假装熟睡的人。
她弹琴时不仅仅是迷人的,
滚石说
她是有史以来最伟大的
女性吉他演奏者。

今天的新媒体青少年社区,
有她古早的现场,
第一条就是鲍勃·迪伦
给她当伴奏的影像,
或已被数字化修复。

在琼尼·米歇尔那里

歌手与视觉艺术家是一体的,

嗓音与审美一样独特,

身姿曼妙时

年华如曼陀铃一般清脆,

钢琴与上低音号为伴,

诗人老于爵士乐中。

即便没有关掉弹幕,

她表演的时候,

屏幕上也没有哪怕一个字。

媒介考古学的方法

能否解答这样熟悉的疑问:

如此复杂又曾经鲜活的历史和人物

会不会因为没有弹幕

而消逝在目光和算法中?

凝视时间的子弹和帷幕,

歌唱者不朽。

棚拍

悠风号响起的时候,
有风。
灰尘和其他一些细碎的事物,
自然光里飘落,
又隐藏在群体中。
镝灯与滤纸,
还原阳光的斑驳程度,
窗外有树影晃动。
房间就这样空着,
天花板可以用更高处的顶棚替代。
墙壁需要多重,
如何裁剪和涂色,
才可承受孤独者的倚靠?
风雨之夜的奔波劳顿,
局限在不大的范围内,
马道并不走马,
天桥没有行人,
昏暗角落的流明度需要达到怎样的数值,
才能隐藏悲伤的流淌?
内心的设计够充足了,
但意外还是在所难免,
那漫长的告别,
似乎没有尽头的等待,

都是被设计的。

这是一场在摄影棚里完成的戏，

还没有虚拟拍摄的参与。

这是一个人世的象征，

一切都在内部。

彼女

混血美人
搭档
摇滚乐队女鼓手，
尺度不受限，
演技
走艺术情色的套路，
有失熟稔的水准。
直男还是慎拍姬片，
逃不过价值观的窠臼和凝视的指责。
魔鬼双姝末路狂花，时而又很纯爱，
点击率换上票房的马甲，
让故事走向暧昧之地。
劲没往一处使，
忽大忽小、神经、拧巴。

男歌手的低音好听，英语发音也地道，
他操刀了主题曲和配乐。
漫改网飞青春同性情色犯罪，
费了这么大劲，
音乐大于其他包括身体。

第二天

今天很有诗意,
但从今天看过去,
诗歌算是第二天的艺术。
把诗人的那行好诗
改写成故事,
故事就有了诗意。
有关诗歌的这个故事,
拍成电影,
诗人就变成了角色
或者被用来为电影命名。
从今天看过来,
诗人在第二天上映,
也许并不完全是一场巧合。

阿尔茨海默症

时间是一座古老的迷宫,
别人房间被偷走的时钟。
外面的风沙白雪,阳光
洒落在忧郁的方窗上。
记忆中悠长的对话,
孩提时代自己对自己诉说,
难以预期的叫喊与停顿,
游戏般自由,
模仿着呼吸的节奏。
老去和成长是同一个话题,
人不过大脑深处孤独的风景。

深夜静音看完一部枪战动作片

这表现可不行,舞蹈化的杀戮动作
枪配上了刀剑、弓弩、拳脚和双截棍
如何能真的获得宁静?

应该问的问题是——你是谁?!
流浪过大都市的下城区
流浪的猫狗也曾在那里战斗
让你一辆车一匹马,让你一双眼睛
你能否一定获得胜利?

环境声和音乐一样都是后来配上去的
你不配选择沉默,场景和对手
俯视的角度将你和其他人物一起游戏化
血肉不需要丰满,可以继续模糊
赢得头彩是子弹的事

战斗步法是编排过的套路
敌人是不受玩家操纵的角色
准备好了就爬上这些台阶
按瞄准镜的导航
悄悄地撞到墙上去

革命之路

会同情夜归人,
路灯和汽车头灯,
能照亮一小片黑暗。
多年前的神话,
经得起灾难,
美丽心灵却绕不开
毁灭之路。
稍晚的朗读者,
当众读出爱人的名字,
示爱是动人的。
离开始于争吵,
终于沉默。

投影

卧室，白墙
影像可以投上去
看或不看，彩色或黑白
孤独者安眠

阴雨，晴空
彩虹偶尔出现
街道尽头，城市角落
光线扭曲进人心

黑箱，魔方
密钥没有验证通过
嬉戏歌唱，自问自答
光影备份的告别仪式

光合作用

失眠的奥黛丽，
失明的伦勃朗，
都依赖一束来自斜上方的光。
睡前故事，
总是事先张扬，
对于提早醒来的人，
如同画框中的赝品，
或者篡改的肖像。
悬念始终都是：
谁是迷雾中的凶手？
帷幕后面
伟大的虚构者
是否都是同一个？

剧院

事情往往就是这样：
周围没有颜色只有光，
剧院生活，前台后台，
露天的时间与存在，
用拿烟的手拿枪，
也问不出你真实的名字。
主角刻意低调，
而其他人
都憋着多抢一句词。

夜拍日

因于断食,路灯也快要熄灭
选择在困顿时起跑
这需要血液的唤醒服务

尽力略过同样困顿的人
经过暗处时才会大口喘息
老人、发福的中年人
纤细的、不快的姑娘
都看不到你腕表上的心率数值

夜晚多么苍白,如果没有阴影
过往经验闪过的短小念头
像水发过的干海参
在此时对正午光线的局部模仿里膨胀
假有刺真柔软,一点都不刺眼

圆月·弯刀

团圆多好！当明月照亮夜空，
人们会忽略它古老的光源功能，
指引夜行人和离散者归家。
刀虽开刃，却把玩挥舞于影中，
寒光在幻想的彼岸。
一个在天上，一个在手中
美好与勇气可以作为象征物，
为何甘愿成为装饰品呢？
若阴影尚存，锁链还响，
圆月弯刀此处的注解
就不该是游戏中的美妙弧光。
圆月与弯刀，
都有其各自的本意，
初心不能忘却。

音爆
——阿彼察邦《记忆》观后

一切终会慢下来,还会再慢一点。
因大雨而提前散场的草地音乐节,
音乐节上最后一首加强了鼓点的曲子。
屏障在什么位置,
追逐往事的速度要加到多少
才能撞开记忆?
复杂的技术问题,
想好了要交给谁来解决了吗?
那些音轨里被忽略的人声,
那些超音速的离别。

呼吸在低纬度上急促起来,
疾病随意停歇,热带
相隔在两个世界的恋人,
大声呼喊彼此的名字,
如同午后左耳与右耳间落下的大雨,
伴随颅内的电闪雷鸣,
催促着最大的一个高潮的到来。
你仔细听,再仔细一点
即将消失的事物总会发出声音,
只要足够快,
就会有一声别人察觉不到的巨响。

右舵车
——《驾驶你的车》观后

道路用于满足移动和恐惧,
高速移动因为太过贪婪而相撞,
坠入凝缩的瞬间,
卷进去了,想再出来
就得付出光阴的代价。
想想当年阡陌刚开时
人慢慢行走,马也很少疾驰
武士与骑士的荣誉
因为恐惧被臆想出来,
刀在左腰作妖,盾牌被左手佐证,
命运只是在一个时刻埋下伏笔,
到另一个地方再让残酷的故事发生。
想一下不用立刻回答:
乐趣在于擦肩而过还是相互超越呢?
心脏在左边,
靠左走就更安全一些吗?
方向盘连着阴影里的对手,
在熟悉的规则里,
道路的优先权首先是直行,
然后是左转,然后是右转。
可是,退路与前进时的情况是否一致呢?
就像车辆穿过边境、转换规则,

右舵车靠左行驶，

不用鸣笛自卫，

偶尔还能遇见靠左的左舵车。

想一下不用立刻回答：

右舵车的那次右转，

看上去是不是更像镜子里的逃亡？

节日叙事

跨年

从年末常见的焦虑氛围中抬起头,
习惯性地看看城市上空隐秘的角落,
在那灯光和烟火忽略的夜空的深处,
隐约还是看得见银河。
暖冬这温吞的季节如蒙了纱的眼睛,
不够犀利不够忘我,
一颗又一颗的星星散落着,
沉入硬核的流水底部,
支点在哪里,摆渡或助跑后起跳
这宇宙的护城河能否真的跨过?

在新年常见的愉悦气息里深呼吸,
陌生感来源于肺部压迫导致的心理问题,
踩着新奇的欲望单车,
在道德底线的位置反复试探,绕行
又心有不甘,
这是牢笼与跳起来的猛虎之间的关系。
梁从空荡荡的宅基地竖起来,
缓慢地驾上墙去,
方尖碑倒塌了一般。
以这样的体量,
未来的房间应该敞亮,
客厅里的大象,

从这里到那里来来回回

又怎能视而不见？

早知道今日

在清朗空气和明媚阳光下迎来全新的光景，

又何必当初

总是贪婪地奢望那一跨的距离越过心坎！

不是起飞只是从悬崖边纵身一跃，

泾渭分明的善意与恶意，以及执念

年复一年，工作与时日以及玩乐时光

跨得过去的数字跨不过去的时间。

圣诞吉祥餐

曾有一个故事打动过我,
有关圣诞节吃什么。
我很多次地想象过文字描述的那个瞬间,
在孩子小的时候,在并不过圣诞节的时候
在回到父母的身边的时候。

故事的背景和铺垫已经模糊,
核心的情节却依然清晰,
那是一个荒诞的喜剧场景,
但你刚要笑就会收住。
你见过圣诞老人吗?
带来礼物或者安慰的那个老公公,
在窗外看着你幸福快乐的那个神奇的人。
他到底存不存在,这是一个问题
人们心照不宣
特别是对年龄还很小的孩子,
你若有孩子,你也一定这样过。

那是一个平安夜吧,也许是圣诞夜
这不重要,
重要的是有一个圣诞老人,
他在公园还是集市里逗来往的人开心,
顺便让他们品尝连锁餐厅的圣诞吉祥餐

是的，是餐厅聘任了他
他为他们工作，手里捧着装着试用品的盘子
他看上去很胖，旋转和笨拙地跳跃
不说话像一个沉默的快乐的玩偶。

圣诞也可能不都是快乐的，
也会有孩子的哭声。
孩子哭了，是因为第二天醒来
没有从长袜子里得到想要的礼物？
在那个故事里孩子哭了，
是因为饿了。
在圣诞老人工作的不远处，
有一个婴儿车，哭声从那里传来
老人走过去，翻开车里厚厚的襁褓
把孩子抱在胸前
他解开那熟悉的红色制服的腰带和胸襟
又解开内衣把孩子抱得更紧
孩子不哭了，
因为圣诞老人在哺乳。
饿了么
吃奶的、还没有长大的孩子。
吉祥如意
没有从白胡子老公公的红皮囊里出来
就烹饪了圣诞吉祥餐的母亲。

寒意少许

为了这桌人生到了冬夜
才要摆出来的晚餐,
你从很久之前就开始寻找食材,
先于经验的意义
是让人知道自己和周遭的贫乏。
那些可以咀嚼和吸食的事物
有着相似的形制,
辨别它们很艰辛,
逐个品尝、努力消化一直到努力排泄出去,
更可怕的是呕吐,干呕
能呕出心中的寒意。

如何让地窖里的东西保持安静
久放而不霉呢?
冬日暖阳晒不干少年时的汗水,
没有阳光的时候汗水还会冻上,
人也一样,像突然就不再流动的河水
一样冻上。
清洗和切割表皮,用火燎去毛发,
展开地图一样找到接近目标和温暖的方法。
守候和火候都很重要,如果根据计算
你早就离开了,留下来
就不是为了获得标准的答案,

多年艰苦的重复,练就的
核心竞争力是手上功夫,
调味料该多大的量、何时投放
食物才能入味?这没有答案。
少许的寒意如何渗透进每一处的血肉组织,
保鲜,相似的道理
也只能凭借你心灵的尺度。
总有所有的大餐都端上来的那一刻,
那一刻,你得辨认谁是宾客,
也要想好要用什么样的姿势迎合。

儿童节

"我们都有过快乐的童年"
你说这一句时,
模糊了初夏的感觉。
蚊虫的叮咬,
让你感觉到饥饿,
对岸树林里的野草莓,
总也等不到采摘的时候。
孩子们不会躺在草地上,
也不会坐在长椅上,
他们奔跑打闹,累了
就换一个游戏打闹,
去另一个地方奔跑。

"童年里有最好的朋友"
他们在迷宫中和你
玩着捉迷藏。
被发现是不会让人失落或愤怒的,
被厌倦才会。
墙壁的拐角遮住你的目光,
你或是真的看不见,
或是假装,
反正已经很难像刚开始一样
兴致高涨。

落叶随风而去,

总会来到没有遮挡的时刻,

迷宫是时间的伪装。

"永远做个孩子就好了"

这么孩子气的话,

还是留给恋爱中的人吧。

宅在记忆里,

像个留守在出生地的儿童一样,

一直误解着家乡。

六月是暧昧的季节,

一年的时光到了靠近中间的地方,

但又似乎还没有真的抵达,

这与中年多么相像!

有这么一天总比没有强,

看看身边的孩子们尽情玩耍,

也让你里面的小人,

拉开这身皮囊隐秘处的拉链,

出来走走。

"欢度六一"

儿童并非无忧无虑,

节日毕竟应该快乐一点,

要怎么加入他们,

还是等着他们以后加入你们,

这样复杂的方程,

不知标准答案是多解,
还是存在不止一个增根。
那个有关这个节日
要舍弃的解释难道是:
像儿童一样面对某一天,
然后这一天就可以
变成节日?

节后综合征

血液找到出口是当务之急。
万物生长的节气，
气节问题大家都缄口不提。
高铁和地铁都直通游乐场，
你也可以在巨大的停车场里野营。
出发的时候说走就走，
回程如同破裂的婚姻一样，
需要提早预订。
那些斗室蜗居的年轻人，深夜
还没入睡的人，
那些晒出工作合同，
或者晒着月光的人，通宵达旦
为熟睡的年轻人策划快乐的人，
他们都以爽或不爽为单位，
度量着自己的精神财富，
不论贫穷限制了什么。
节日的快乐，工作日未见得懂，
日常生活具有审美与批判的功能，
就像日落于暴雨之夕，
大风吹散想象的云彩。

青年节：头发与牙齿问题

少年人青年节剪短头发想更青年一点，
有时他又觉得长发也很酷。
中年人青年节打理牙齿更得怀念青春，
那尽是些没齿难忘的事情。
理发店里放着 Avicii 的电子音乐，
这让少年人很不爽，
好像自己珍爱的东西成了地摊货，
可是，流行与私爱该怎么平衡？
就像中年人在理发店学会了新的网络口水歌，
鬓角再短也难掩斑白，何况
黑白根本就不是最重要的问题。

浓密过肩的长发扎在脑后，
在足球场上尽情奔跑
早已过去四分之一个世纪。
少年人换牙期也已过去，
变声快接近终点，
智齿还没来骚扰，
矫正牙套被斥责为一个面子问题。
可以理解，你想
他们时常讨论一款名为征途的游戏，
攻略与漏洞，
对前途却不屑一顾。

记忆时常从中年人的睡梦里冒出来,
连种下去的牙齿也都想冒出来。
他们唠叨的课程和培训,
少年人并不真的在意,
间或给些面子收拾停当罢了。
这情形
就像医生嘱咐多睡觉少抽烟,
中年人满口答应,信誓旦旦
却做不到一样。

成长和老去也许就是同一件事情,
绕不过头发与牙齿的问题。
好在每个青年节大概率都是在假期里,
我和儿子有时间聊聊那些其他的,
甚至还可以包括诗歌和电影的问题,
当然,这样的时光没几年也会过去。

新不惑

收拾完从这场多方对话中掉落的碎屑
已过了该睡觉的时辰
我赶往你那里
据说还没有散去的周年聚会

除了第一句的寒暄
不需要新的交谈
看你能维持住身体
现在这般舒展的姿态
就能明白一切
你在意义不明的情绪里潜泳
每隔一大段时间才上来透一口气
那些你请来的客人带着些许的戏谑
讨论罗曼史,以你最近的艳遇为例
喝干瓶中的酒然后高歌一曲
张扬和虚张声势看似是一回事
留下话柄,将尴尬赠予别人
动机模糊的地方动作先行
见的人多了,你知晓
往事消散时
疑惑也就不会再有地方附着
比如这最新的一次
你站在风口

一般性的诱惑,月光和晚礼服都懂
为什么浪打过来
没有弄湿你的衣衫?
四十岁的年纪应该明白
千金一掷改变不了散场时的孤单

旧而立

每当睡醒有疑惑而不知问谁时
旧时光就会站出来无实物表演
大雨重来在你的眼底
有关如水般逝去的事物
越不缺乏者越爱谈起
你也可以像他们一样矫情：
年少轻狂那年的河流
返乡的木船顺水而下
岸边隐约飘过呼唤你的歌声

林间的空地依然有野草莓在诱惑
翻身上马，身前
是你心爱的姑娘
去过再回来的路上
故意的拖延和打闹是一种默契
迷宫中时间永远向前
白驹过隙，疾过马蹄
暂且不要去讨论目的地
包括到达前的最后一公里

很久没有热泪盈眶
不知是否因为成长
幽暗房间独自一人

地老天荒的情感忧伤地荡漾
地铁呼啸而来，然后远去
回望三十岁的年纪
适度的沉默和巨大的耐心
站台上，拿起又放下的那一瞬
内心的风雨因为不便长久停留
而侥幸并未真的伤害到你

黄金周

这是一个时间就是金钱的直白想象
寸土寸金显得很物质
寸阴则不同
这是一个千金难买快乐的心理暗示
及时行乐轻佻了一些
行走则不同
跨越一些山水在路上人与人擦肩
江河的叙事也可以在影院里完成
进城不如到郊区去当天可以来回
从记忆的缝隙里挤出一两句赞美
关于过往的遗憾和从没经历的事

遮挡日常的劳碌
连接两边的老路
黄金周有始有终
时间隧道中行走
想躲藏耍赖停住
挺不住周遭如壁
何况稍晚就会有白马或高铁
呼啸而过捎上你
穿过侥幸阴暗的缝隙
坚定地奔向工作日

金本位早已经过去，这是常识
支付工作日的薪水连纸币都不用
虚拟与比特电子
生命穿着时间的无痕内衣
披着数字的花哨外套
这一周
七天一百六十八个小时
那么多分秒
该如何用黄金作为一般等价物？

纪念日

成为一家人时
在两个城市、两个时间
喝了两顿酒,
因此,就有两个纪念日。

第一个纪念日在夏天。
洪水时期的婚礼,
交通虽不便,但据说因为有水
所以是吉兆。
我家乡的人都这么说。

国庆后的第二天是另一个纪念日。
先有国后有家,不是刻意的。
你看,对面的酒楼换了很多次招牌
仪式用过的大堂成了包间,
早已铺不下红毯。
我们的房子还是新房时的陈设,
卧室挂着结婚照;
靠近厨房的墙皮,有脱落的地方
我们都懒得找人来修补。
孩子有一个,今年十六。
纪念日每年有两个,今年都十九。

焰火

那一夜，火光映满天空和水面
船从河的这一边驶向另一边
人们告诉我，为了远道而来的客人
主人在装饰豪华的大厅里挂满灯笼
比屋顶还高的地方，将要盛开
各种颜色的花朵
我看到每一声巨大的声响之后
都会有一朵灿烂的花朵开放
破碎之后又会有另一朵

没有人惊叫，尊贵的客人
在昏暗的灯光下交谈
偶尔才抬一次头
人们不被允许聚集
飘散或者隐藏在租住的房间窗户后面
是安全的选择
还包括观看电视里的盛典直播
给手机里的女主播送花、放道具里的焰火

这里的人们不知道我们曾有的快乐
那时节，我们把灯油撒在碎布上抛向空中
头顶上就会出现灿烂的火光和星星
夜色中的黑白的影像刻意模仿着过往

这是一个五颜六色的城市
家乡的老人们从没有见过这样的焰火
他们如果知道这一夜曾有过如此情景
准会露出憨厚的微笑

其实我们和他们一样,都是
在这个富裕的夜晚被赶出客厅
赶到远处和更远处的穷人

劳动节的口号

八小时工作。
爱岗敬业争创一流,
淡泊名利甘于奉献,
劳动创造财富,
竞赛迸发激情。
开局就是决战,
起跑就要冲刺。

八小时休息。
尊重劳动,尊重知识,
尊重人才,尊重创造。
维护合法权益,构建和谐关系。
为祖国健康工作五十年,
歌唱奔跑,不可辜负。

剩下的八小时全都归自己。
全世界无产者联合起来!

劳动节的号子

从什么时候开始,劳作

又变回无声的了?

劳动创造财富

劳动号子

从盘古开天一直往下唱

今天人们保护非物质文化遗产

号子和叫卖一样

成了节目在表演

每当节日时

默默耕耘

不仅是一种美德

还是一种潜规则

出声,要么是邀功炫耀

要么是乱了和谐

号子,原本不就是为了

调节呼吸,统一步伐的吗?

劳作始终是艰辛的

但它是不是一件快乐的事情

要看用劲的当口

喉舌能否出声

嗟叹或永歌在情动之后
号子正当手足发力之时

纪念日：无关紧要的叙事

上升星座在城市上空黯淡，

天使向高楼重重坠去，然后

雨季战战兢兢地被交出。

时间拉开了肉色的帷幕，

激发情欲的光线和鱼骨头的碎片

遍布舞台　被视作残忍异族的装饰品。

黑夜扮演主角，

有如领袖的遗孀。

寡居中，

艺术失去虚构的纯洁。

紧身的黄色雨衣磷火般挂满天空，

少女深陷的眼窝背面大水重来，

"这是一个人世的象征

千百个寂寞的集体"

无心空居斗室的青年，

开始打出白旗宣称胜利，

站在立锥之地很难坐下，

何况坐着并不如躺下舒服，

幻想中的敌人，

化作一个空洞的日子　接收

无关紧要的叙事默默倾诉

如酒入愁肠又吐了个干净。

摩天大楼的顶层雨落不止，
地下室里有人成群阒静地睡去。
蓝玻璃外的液体何时能够凝固，
镜子来源于哪只眼睛的光和泪水？
纪念日，这个适合谈论逝去的时刻，
一个被世界遗弃的孤儿
在我提早到来的五十岁肩上，
奋力长出翅膀。

五月的十种病症【组诗】

化蝶症

以为这是一种古老的传说
孩子们告诉你那是一种新鲜的虚构
如水晶里的吐花天使或爱丽丝梦游仙境
都来自妄想者,一个个的寂寞集体
黑箱般的爱情病理细节或许不真
却有突破健康世界墙壁的真实能力
喜剧的忧伤太煽情
像艺术莫须有的疼痛

据说病人之所以会变成蝴蝶
不是因为清晨的梦,或翅膀的振动
追寻迷恋的事物却始终不能到达
身边的蝴蝶终会淹没蝴蝶外的世界吗?
喜欢的人又会从何时开始
慢慢远离你,直至恨你呢?
蝴蝶不像扑火的粉蛾只是单色
疾病真的也可以有颜色
但这更让人悲伤
你看,那不断排列组合的五彩里
始终有一种蓝色坚定地漫漫散开
像怎么也飞不过的沧海

多动症

不愿在遇见一个吸引人的事物后
就一直被它吸引
不愿在不可见的内心埋葬这世界
多么难得而可见的丰富性
为了那一份纯真潜入时光的缝隙
遥远的援军未到你孤军奋斗
是的,谁还不曾是个孩子?

注视着你的眼睛是保持专注的方法
从匆匆告别的春夏里剪下草叶与花枝
可当你说话时并不看我
意义就会失去
躁动身体里的跟焦员也喝醉了
任性冲撞拍摄对象,迁怒路人
好吧,青春是不是就该如此?

多重梦境中一道道门外的身体
不知道该往哪走,也不确定
要被交给什么样的操控者
尝试与选择中有概率问题
也有宿命的影子
如果不在最短时间内积极行动起来
如果没有保留地触碰抚摸,进而交出自己

那么,戏已开场都演到一半了
难道还去伪装成尚未做好的道具?

雨雪露珠晨昏不止
早先的忙乱也终会有动作迟缓的那一天
身未动,情动
这像个不好笑的笑话
对于被不断命名为新疾病的旧习惯
要用新发明的试剂反复检测
痊愈就是在老去的过程中
安静地成为健康的他人

强迫症

反复追问爱不爱你
追问下意识行为的意义
这都是相对简单的
从无限接近边界的地方真的跨过去
要困难很多

事物之间的联系最复杂之处在于
无法找到证据
证明哪怕看见了握在手里的是武器
当有人说它是花束一般的爱情礼物
你却一时不知该如何反驳

从不愿离开的住所尝试着走到外面去
一次次折回来看门有没有锁好
问快递有没有送到
行进中的队伍卷着你离开
还没走到很远处
走路已成为迟迟不肯归来的习惯
单曲在运动耳机里循环

这是一种假设，隧道里或有通明的灯火
这也可以是现实，外面如果是黑夜
什么才是人们口中隧道尽头的光亮呢

有些光，一次炫目就可以要命
一次次划燃火柴也揭示不了其中深藏的秘密

漫游症

有发条松紧的是机械钟而非生物钟
走时不准的情形陆续发生了很多次
修钟人应邀从周边赶来也迟到了很多次
穿过阴影的速度比粘稠的钟还慢

凌晨一点路上的人和白天一样少
睡眠开始得突然,结束得也快
没睡的人们被困在自己的房间自己的床上
从平常居住或者是常去的地方离开
没有预想的目的地
到外面去,不和任何人告别

凌晨两点方圆几公里的街区
隐约有人走走停停
他们拿着手机不开导航
危险无人问津,那些围栏和沟壑
事先的告知里他们似乎就知道
事后流行病调查时,他们说不清楚自己是谁
具体遇到过什么人走过哪几条的路

日出之前,疾病是广义的
多种性质不同的症候综合在一起
甚至如同癫痫一般

现实很逼仄，梦游并不包含在内
抑郁和焦虑包含在内

日落之后，事情会变得狭隘
修钟人还没穿好制服带着工具箱赶到
报时的小鸟就会从机械黑匣子里出来走走
像是从紊乱的生物钟里出不来一般
这已不准确的鸣叫如同叫板
宿命似的折返或画圈
也像是对某种人类疾病的戏仿和嘲弄

恐高症

猜猜为什么居高的人也会有恐惧？
猜猜爬山和爬楼是否真有区别？
翼装飞行最后还是需要打开降落伞
在高处，气温会低一点
多看一眼下面就会眩晕和呕吐
猜猜这真不是在掩盖势能
随时转化成动能的隐秘快感？

别装了，如果真的恐惧
那就从高处下来
还是会觉得羞愧和不甘心吧
如果这是一种病
那就回到周遭普通的人群中
听听他们对漂浮和跳跃的意见
他们习惯了抬头看你
别装了，你看都不看他们一眼

聊聊上面的空气和地面的风景吧
不要讳莫如深
不要像飞鸟和蝼蚁
高度带来了
指向对方的鄙夷和恐惧
食物链断了

别说天使,连风筝
也会从天空中落下来

怀乡症

不仅仅是月圆
就是完全看不见月亮的夜晚
就是不孤独也不忧伤的清朗时刻
异乡人依旧是那个离开家
的孩子，不在父母身边的人

不仅仅是孩子
就是经历风雨已疲惫衰老的人
就是有了自己的房子和第二故乡
怀念家乡仍然时常发生在现实中
的困境，回望来路时

不仅仅是困境
就是这世界不再有病毒不再封闭
就是有了对肉体和灵魂都有特效的药物
回到生命开始的地方始终是抑制不住
的本能，无法治愈的疾病

嗜睡症

算不算是一种超能力?
现实与梦境之间
有人可以找到一扇门
它始终虚掩着
侧一下身子,可悄悄地进出
喧嚣和叫喊
留在门的另一边
口头批判,不切肤
无梦之地的微风
抚摸你粗糙的外壳
留下细小的水珠

颓或瘫或躺平?
不存在的!于你身
困,在不在边缘处
都醒不了困,解不了困
外面这么安静
安眠如此稀缺
留在几乎最后的领地
于你心,如尚未恋爱时
大把的青春全由你自己
无用处可虚度

社恐症

不能给你一个拥抱
在离别的时候
保证出现在你的视野里
就一小会儿,还是可以的
你相信吗?
这与轻视和忘却无关
与恐惧的关系在什么层面上
还不清楚

挣扎着打开反锁的房门
翻越作为隔离墙的栅栏
顺着无数个墙角
低头走了很远的路
还需要连帽卫衣
与覆耳式耳机
我才来到你面前
站在社交距离之外
戴着双层口罩

再见,将要远去的人
再见,曾有过的亲密关系

厌食症

黄昏,和清晨
或正午一样艰难
却更具有讽刺意味

那些有形的事物
被挡在外面,没有通行证
那些看不见的东西
想被喉咙吐出来
却被要求回到静默的腹中

对于完整的一天
事情在这里每日发生三次
没有彼岸花
这里的幻觉就还会继续下去
说到幻觉。它是不是源于记忆?
不会忘的,对于充盈
人们有过多么大的渴望
山泉清洌喷涌
稻谷饱满金黄
高速摄影机拍下浆果爆浆的一瞬
温饱早已被降格

剩下只有困兽的事

丢给它们以牢笼

有氧或者无氧运动

都可以消耗过度的脂肪和蛋白质

非必要别欢乐或悲伤

当一切都成了习惯

就不需要坚持

也无所谓痛苦了

黄昏没有食欲,今日

落在嘴边它都不愿咀嚼

何况漫漫长夜

和被复制出来的新的一天

飞蚊症

不经意地一转眼

阴影就又会跟过来

在余光尽头,边界

转到脑后的某个地方

无声电影转场的方式

没有声音时

当然也没有色彩

物质匮乏的年代

捕蚊灯与蚊香

对清零行动没有直接作用

平复一下心情,集中意念

睁开眼世界似乎就会干净一些

可是,没有规律很难预知

当你闭上眼睛再睁开时

满眼又是疮痍的景象

蚊虫是不是真的在飞

搅扰着安眠

古老的遗传基因对抗着灭绝

当你的目光迟滞或被阻挡

它们就会再生

对周遭的世界

这是现实

可对你

这是一种跟眼睛

和大脑都有关的病

节气歌【组诗】

节气歌·雨水

毛毛雨落在休息日
也落在记忆里
托鸿雁传的书信
在回来的路上
时间的网眼太大了
漏过去很多细节
一年被二十四等分
一秒二十四帧
但总有一些萌芽
需要春雨
一些弱小的事物
需要被放过

2023. 2. 19

节气歌·立春

记得去年此时,或稍晚几日
一场好戏散场之后
有了告别的念头,所谓冬眠
快要醒来,烟火在夜空绽放
但静默成了新的美学原则
春天也不允许在枝头热闹
别的季节,不知像不像别处
还有向往的生活

走了一大圈,还是
撞在你腰上
回来是有代价的
不管出发时的理由怎样
岁月的包裹,以前提在手里
一路跟着人们奔波凌乱
现在可以用快递
不论多远两三天内都可送达,只是
好久没有试过的地址和电话变了吗?
我这里要留下给春天的寄件码

2023. 2. 4

节气歌·大寒

毕竟是冬日，侥幸有阳光

指挥大厅里的视频慰问

没有温暖的体感

冷锋过境自上而下，传统来说

足不出户，寒也从脚底生

除夕除旧岁，新春待新人

这是一年中最冷的时节

蜗居和奔波都可以承受

为三五日的团聚

大寒时追问离别

大疫之后会有什么？

2023.1.20

节气歌·小寒

有一种有关遗忘的梦境也可称为噩梦
热爱的味道与层次丰富的咀嚼
麻木之后,连苦味都没能留下
在挣扎着醒过来的一刹那
直白的乏味在现实中围绕你
睡前手边的书籍、还没看完的电影
一下子都变成了无关的事物
留白处总显得冷清

寒意储存在世上秘密的角落
怀疑一旦在人们心中蔓延
它们就会搭乘无人驾驶的时光机前来
大人物依旧忙于让人相信
小人物都在奔波
孤独的人隐身于冬季的山林河谷
还有满是人的街市
身体深处总有一丝寒冷
哪里还有不孤独的人

2023.1.5

节气歌·冬至

这次仓促的告别
上次见面时就能预感到
人们不说,是因为还存留着侥幸
想着可以抱团取暖,想着
当冬天真的到来时
这样的情景不会真的会出现:
离开了舒适的房间与炉火
人们疾病缠身,没有药物
恍然觉得受到了欺骗
甚至爱情也不再浪漫

冬天来了,人们跟在后面
不想迷失于命运的冷风中
同时,又没有什么好的办法
走到时间的前面去
另一条人迹罕至的小路
是否真的通往温暖的花园?
雪花一样落下疑问,看清之前
很快融化掉答案
像大多数人一样沉默
少数人一般神秘不可知

2022.12.22

节气歌·大雪

祈雨是春秋和夏季的仪式，雪落下
与否或大小，不论谁都无力去多管

落在南方，像落款在悲观者的内心
流出期盼之人的泪腺，似流于形式

覆盖可以是柔软的，缠绵时的身段
如果这是压迫的一种，戕害如艳舞

寒刀凌空飞旋，切割御寒的棉织物
来年的信息传递过来，能预支抚慰

对着开阔的原野，树木与新的作物
记忆深处的童话故事，时间轴对称

最寒冷的时刻还没有到来，到尽头
都是循环，不知去处的孤影与荒诞

2022.12.7

节气歌·小雪

叫你一声小名,飘落下羞涩的神情
在满是怀疑和误解的土壤里从容
那些热量没有地方散去
都留着融化你和你的名字

漫天的夸张效果是给别人看的
那些遥遥相望的雨水与露,与霜
和你的情感逻辑不一样
关于未来,事先低调地张扬

2022. 11. 22

节气歌·立冬

是谁站在又禁忌又诱惑的底线那边
做跳到安全这一边的假动作
工作的时日酒水一般被饮下
又在血液里循环很久
消散弱化,也就没有吐出来的机会
当冷风停留在偷窥者的目光里
门缝窄窄的

预言者最爱冬天,温暖和自由的场景
随便怎么说都会很动人
随它去吧,岁月倚门卖笑
传递不了前史中复杂的信息甚或辩证法
立不住既要这样又要那样的人设
一点都不酷

2022. 11. 7

节气歌·霜降

有些时日不是真的
只是显得高冷
有些时日
人似乎应该孤独一些才更合适

一个人安静地早起,街心公园
没有固定的伙伴
心气的大小和水汽的升降
原理一样,不要去拆穿
那些还没有人踏足的草叶上
可能有白色,如若没有也正常

有些白色落在记忆里
像恐惧的灰尘一样
有些落在多糖的水果表皮上

桂花的金黄已经开始飘落
早晚,人总会闲下来
午休时要脱下御寒的衣裳
菊花不屑于此,梅花更是
反正要拿出高傲的劲头
不如等更寒的雪,更冷的香

有一丝担心,人们还是习惯这么想:

诗意地过了今日

又一个冬天就开始了

2022. 10. 23

节气歌·寒露

露水，从温润到冷下来，
只要一个月的时间。
白色是心理上的，挥发的
易逝甚至是浅薄的。
寒冷是身体上的，
露在外面的部位，
手脚或者心胸，
会因较长时间的孤独，
而真的感到冷。

从流动到凝固，寒露
有朝一日死去，便是霜雪。
那些轮回的信仰者，
尽可以去赞美，
来年春天的雨水，
此刻消亡事物，
该有它自己的悲悯。
以前，诗人总拿朝露作比喻，
现在看来，
这是不是一个冷笑话？

2022. 10. 8

节气歌·秋分

会不会太物质化?
对待丰收。节日叙事
长臂管理下一个节日。
关于富裕,喜悦乃至狂欢
可以理解也很自然,
就像成熟的稻谷和果实,
它们是物质的,
如果不是转基因的,
那么也是精神的。

关于平等,标准答案
隐藏在这般均分的秋光里。
穿过时间的帷幕,
和谐,不与日月论短长,
像文明戏之于欲望,
理论上,而非舞台上。
黑夜和白天一样短暂,
如果它们不是自由的,
那么也一样漫长。

2022.9.23

节气歌·白露

露珠如何汇集于草叶

你并未亲眼见过

它又怎么化作凝霜

你也只知道结果

秋天是白色的,属金

在流火与授衣之间

诗意有声也闪着光泽

四时在五行之内

凄美的收获和告别也在

它们短暂,离开故乡很远

像爱情之于昨日

像善意的谎言关于时间和冷暖

2022.9.7

节气歌·处暑

天气有点热。
放错了地方的残酷，
可以是快意。
处刑曲一响，
玩了一个夏天的表白梗，
会终止流行。
热昏了头的脑袋离开身体，
暴脾气趋于冷静。
青春限电又如电光般易逝，
闸刀不拉，保险不跳
能量貌似守恒。

为何溽暑没有忌惮后路，
还这般无孔不入？
为何秋雨也不连绵，
去拆解山火和心火的修辞角度？
时间的刽子手，
该亮出锋利的砍刀了！
熟稔反讽逻辑的赌徒买定离手，
看热闹的，凉爽之前
有一个馒头的福利。

2022.8.23

节气歌·立秋

老虎的金黄不像稻谷,平原地区
这时节,阳光的亲昵程度与盛夏无异
立秋日,秋天立不住脚
老虎的贪婪躲不开
打虎上山是比喻意义上的愿景

以前,当这一天来临的时候
夏虫噤声秋虫寂寞
好事者开始准备素材
等天再凉些,人群就会在室内聚集
收获季节就会有离别歌或幻想曲
现在,人们在人工热岛里
就算叶落已久,也不知是否到了秋天

在同一个水平高度纠缠躲避
效果如果不明显,那就站起来
在垂直高度上想些办法
季节轮换是时间的事情
如果运气,空间也能参与
山中几日,秋水连绵
攀登几百米流着汗追上秋日
向更高处去,山中有花香
人的心中更有猛虎

2022.8.7

节气歌·大暑

自从不需要在众人面前体现稳重是一种美德
流汗就与紧张恐惧或心潮澎湃不再直接有关
拐点出现之前有短暂的平台期,气温和气氛
湿热在体内跑马如杂草生长,得让羊来吃光它
盛开的荷花离开水太近,鸣蝉怕水总躲树荫里
这样的情形多么熟悉,如果你躲起来不肯见我

回想此地空余春光时候谁说要像风一样自由?
假面舞会每天举行一次的日子还会不会回来?
上一个节日已虚度了,这么热又这么难以预测
筹备下一个庆祝仪式没有大块的冰不行
从去年秋冬的储备中取出大多数沉默者的那份
往我和你约好的私人会所去,不要和别人多言

欲望是一个变量,常数由时间和空间组成
在一个时间线上长大,在另一个必会缩小吗?
曝晒在这样的日光下即便夕阳有滋养功能
即便骑士看上去很风光,裸背的研究在路上
激烈的运动无异于自残,所以还是躲进小楼吧
成为统一着装靠冷风机工作的服务行业从业者

2022.7.23

节气歌·小暑

没有雷电雨水,热量的交换方式
可以隐藏在更日常的阳光生活里
切割和重组更不可见
躲藏和遮蔽,表面受欢迎的是阴影

温柔的日子远去时曾留言嘱咐
不要因为小而求全,那还不如委曲求全
削去枝蔓和棱角的高潮到来之前常有反转
旱灾或洪水也许难免,带薄荷爆珠的完事烟

往事所在的田园又有新绿可餐,说到愿景
丰收的物质形态太单一了
大宗商品刚开始孕育时,现场直播要多个机位
还要有机器能抓住的泪光和汗水

到更大的舞台上去,黄梅的酸盖过甜
这世界爱跳辣身舞却苦酷暑已久
有被迫扮演出头鸟和替罪羊的日子,
小不是昵称,如果打不中或打中了却找不着时

从对立面泅渡过来,湿气重于年少时
清朗干爽一整日为何竟像原罪一般
当事物之间的联系始终夹着锐角

这时节得做低伏小，小暑之后半月便是伏天

2022.7.7

节气歌·夏至

路的尽头往回走

一个人

住一整栋楼

夜的短长

不以睡眠和梦的多少来测量

太阳直射时幽居无影

日暮，可以对着华觞

整日没有下雨

酷暑的预期增加了一分

但毒太阳还不切肤

阵痛来与不来

离别的情绪够或不够

晚一日，就见分晓

2022.6.21

节气歌·芒种

播种原本就要低头抬头

具体的这一年

又有了离别的意味

谷物青涩时往往是尖锐的

对收获的预期

隔着渐渐坚硬的外壳

背上还有芒刺

天气热了,雨水也多

错过这最后的时机

就不那么容易成活了

在希望的田野劳作

从泥泞的睡梦里醒来

孩子们离开家出门远行之前

忙于农事的父母

也会偷闲时反复收拾行李

面上是些干粮

不用水火就能吃的方便食物

塞在深处的是

万一遇到过不去的艰难

随手撒下

就能长出一大片希望的种子

2022.6.6

节气歌·小满

河流去往夏天

田里还是春水

植物应该也有记忆

也知眷顾或冷暖

候鸟有奔波的习惯

流浪动物保持着熟悉的饥渴感

人也一样,谦受益满招损

哪有什么满溢的青春?

明月当权者一般管理着沟渠

卑微的农人,多次在生活里留白

然后才能高高举起手臂

灌溉下一季如期成熟的稻谷

霍乱时期的爱情太遥远

小资情调小康生活

这像极了疫情中的口舌之欲

唯有事先张扬才能小小满足一下

2022. 5. 21

节气歌·立夏

都是一步步走过来的

从春天

哪怕短暂

人们曾在绿荫下伤春

躲在阳光的外面

把忧郁的故事生日蛋糕般切开

欢迎更多的人一起来品尝

这样的应景的歌

夏天刚开始你也可以唱

但要加上清凉的薄荷

切开苦瓜

这样能祛除燥热和湿气

信不信由你

立夏说的是夏天来了

医书说的是从春到夏

入少阳

心火旺了,更要养阳

但如果周遭的世界

煽风点火

养阳就会成为污名

你看,说医书骗人

立一个有关季节的靶子

反复射击

他们似乎都不解气

火热的日子在后头

溽暑也在后头

时间很快就会略过你忧伤的城池

夏天开始了,从心出发

在你珍视的城头

立一面写有"勇"字的旗吧

心余力绌也好

心孤意怯也罢

2022.5.5

节气歌·谷雨

阳光终究是很强势的
来去自由
但阴雨更有韧性
滋养黑暗时光
谷物还在幼年
茶已成熟
未来近在眼前
未知的亲疏,关系复杂
大多数的收获梦
困在时间的重组家庭里
不停碰壁流转
亲生的孩子也不听话
他们沉溺于乖戾
或怪诞,小心地滑
过春天
包括早衰的叶子
叛逆的粮食
然而即便如此
还是别太辛劳了
时间到了,闹钟会响
门铃也会响
岁月的眉目就是那么回事
抬头一皱一眨

阳光就会回来刺伤它

2022.4.20

节气歌·清明

这样的节日里可以做什么？
学习了权威解释：
除了扫墓，还可以
踏青、插柳、蹴鞠。

梨花已经落成雨，
山野太遥远，
窗外的绿化带
都难以抵达，
足不出户，
脚踏在青春的休止符上。

春光尚好，也不是总下雨。
有时间但没有心情学习，
是的，学习使人进步，
但这无济于最近的事：
道路和湖边的柳叶已如小刀，
柳树的粗枝条插在房门上，
趋避瘟疫，兼有门锁的功能
那些细枝蔓像是插进喉咙的棉签，
岁月的骨鲠。

草地上没有了宠物，

流浪的动物还在,
包括它们的粪便;
孩子的玩具收在家里,
包括用来踢的皮球,
可这样传统的游戏并未真的停止,
有能力有机会又有技巧的人,
球踢得比宋朝强。

这时节在云端扫墓,
在内心怀念,这都没什么
地面现实是可见的,
但愿人安康,
来年清明不被祭奠。

2022.4.5

节气歌·春分

首先是公平。雨露均沾,
春光无限等分下去。
黑夜与白昼守住自己的领地,
谁也不当侵略者,
交接时互赠红朝霞与白月光,
胡乱喊上一群草木,
都是茂盛的样子。
要和谈,
筹码必须真诚自然一些。

其次得劳作。江河不息,
一个个寂寞的集体。
白驹从南到北,傻傻地折返跑。
桃李不喧嚣却争得不可开交。
这是种植和嫁接的好时节,
如有旗帜,胜过花朵
鸣燕流莺虽婉转,这辰光
不可被它们带偏了节奏。
瘦身是一个问题,
不论雨脚是否急促,
绿腰都肥了。

临了勿忘来时路。还有前程。

永恒的一天很快就会过去,
心安于宣泄之后。
少说多做是大多数植物的花语,
动物也开始寻觅伴侣,
春姑娘在你面前站立,身姿婀娜
想想这一季的剧情,
冷酷的心会软一下。

2022.3.20

节气歌·惊蛰

土壤之上有嘈杂声响

闹铃响了,催我起床

把闹铃关掉

再响就把它摔碎

不管它是哪个大人物的工具

多想安静地再待一会啊

春天是睡眠的季节

可枪炮和争吵

最终还是把我惊醒

有些人读了很多书

满腹经纶却小肚鸡肠

他们拿着笔或者手机,或者枪

聒噪个不停

那些招猫逗狗的家伙

很粗鄙的样子

却很仗义

窝没了他们会帮我垒起来

如果我是一只冬虫

短暂的春天应是阳光雨露

还有雌虫

可惜我的血是冷的

想点燃我大概率也是徒劳

悲观一点并不不妥

我知道即便只有一季的撒欢

也强过长久的沉默

我来自土地就不应该背叛它

自由地飞翔

即便被描绘为善良聪慧的行为

落回地面成为泥土

依然是我最愉快的选择

2022. 3. 5

世界杯札记【组诗】

东道主的冬天

太阳直射,眼里没有浮云
也揉不进沙子
双手可以支撑身体的重量
球还得用脚踢

早晚之所以有些凉爽
不因为冷风机或嘲讽
梦想有拟真效果
能量和淡化的海水一般充足

技术性环节经过商讨
可以交给算法
比如游戏的对手,季节轮换的节奏
越位和间接任意球

城市有漫游者
但焦虑的守门员没法逃走
也没法扑出部分可控的命运
踢出的点球

东道主的冬天与别人的夏日
表面相仿
冬日聚会的主人

站在所有夏日同行的对面

体味孤独和宿命

间隔

间隔二十四小时有效的
是核酸。今夜的酒精
不知会不会延续到明天?
自由和比赛都可以被忽略,
在安全和工作面前。睡眠
也可以被忽略。

在客厅打开啤酒,
在阳台点上烟,
电视音量调到刚能听清的程度,
大白手里的大喇叭时常扰民,
这不可取,但发不出声音,
确实也不是游戏和美好生活
正确的打开方式。

间隔一小时,失眠多少有些故意!
在一场比赛与另一场之间,
最好不要有梦。哪可能有梦?
明天开车上路而已。

终于可以

终于可以有时间安心看比赛了
却不能按照自己的内心去好恶，包括生活

对权力的依附好像是习惯
实际上也可能正好相反
人们或许并不喜欢强者
也不喜欢弱者
却暗暗希望出现以弱胜强的结果

时间的遗迹似乎让人崇拜
实际上也可能正好相反
那些老家伙们在象征性地奔跑
狡黠地看着周遭，看啊
经验多么抽象，江湖这般凶险
只有新手像一张白纸，什么都不画

如果想让对手害怕，用身体和技术
一上来就过他、拖垮他
让他们拿你没有一点办法
如果他们没有真的害怕
年轻人会不会去和长者撞墙式配合？
有一场球时间，就足够长大了

终于可以同时赞扬热血和成熟了

却发现这些都在别人身上,又感觉不值得

冷门绝学

也不是想嘲笑谁,也不是
在上下或生死之间比较什么
从冷板凳上起来热身
当很久前的某一刻浮现脑海
在心里暗暗骂了一句难听的

远处的风景和人群
两三米之内的腿脚
都太密集
这让人感到恐惧
主办方完全不问春秋几度
落雪时用球衣蒙住脸
不看比分和气温几度

这个研究项目还没有展开时
前期资金就已经到位,期限之内
使用率是一个硬指标
球打在门框和守门员怀里
双重赔偿,失意的对冲法则

会像浮云一般散去的
不可思议的胜利
公共场所的狂欢即便可以包含酒精

也比不上私人花园里的结项仪式刺激
回头想,那些复杂的流程
暧昧的姿态
应出自同一门秘密流传的学问

点球一罚改变不了偶然

骰子有很多玩法
点球一罚
改变不了偶然

向左或向右，左右着扑救
终会有的结果
在上方，眼睛看着下面

脱去运动上衣，命运的马甲
露出马脚像露出马甲线
留一条退路

起初是朦胧的，欲望宣泄的过程
也是清晰的过程
不是手套和立柱决定了输赢

更认真还是更随意地游戏
赌注和赔率问题，严肃一些
事物的逻辑也可能会积极一些

无赛日

侧卧冬雨落下的夜晚,落幕后
听风去吹响双层玻璃窗
看胜负已知的球赛录像剪辑后回放
哪些人会鄙夷当初天真的猜想呢?

人浮于欲望之上、恐惧之上
充气的泳池玩具错放于江河
总会遮蔽空洞的日子,像浮云吧
这些人的眼睛早就习惯了看着上方

会有人为缓解冷场抱薪而来吗
家园破了,他们是抱茅而去的盗贼
用于呐喊和争辩,赛场边使用过度
嗓子疼痛的原因被认为是病毒的入侵

比赛的真谛是替代战争,想象性地
开上几枪,对异己者与不解事
闯过边界如打碎镜子,呼唤和平
无赛日的礼仪是无论如何也要显得宽容

本事诗【组诗】

本事诗·情感第一

相遇之前就有一个黑箱
闪光灯和录音笔进不去
日常生活逻辑也对不上
密室,逃脱是常规结果

有落地大玻璃的江景房
看得见的风景以尺寸计
估量时光还得用老办法
幽居,毕竟不是在镜中

托在手心的生命亦平淡
不像你藏在口中的莲花
梨树海棠的关系过时了
菊花,甚至酒被邪典化

离别这件小事像个大词
晾晒潮湿的记忆不容易
从哪里走来我确切知道
去往何方,请你告诉我

去年此时桃花春风相映
无暇顾及命运背面的事
今日回想厌倦与狼共舞
白眼,或心寒或成情趣

本事诗·事感第二

媒介的影响因子,高墙四角的探照灯
扫描和搜索看似冰冷,吸引力只对事
不对人,深海或眼底的黑暗一样公正
从楼宇的缝隙里拐出来,没人会注意

进入时间的罗网,意识没有事件坚毅
事件排着整齐的队伍,不抢拍出风头
也不会拖住欲望的后腿,黏人宠物般
流着口水,还觉得正义站自己这一边

零公里处的逃跑,满世界都是追击者
都有旁观和加油的人,降维才有退路
悬崖呈现出它的边界时,暴露出魅惑
女妖的歌声可以搭乘季风,越过海岸

找寻意义的旅途,读书行走都能上路
抵达是另一回事,谜一样的概率事件
什么会改变偶然,可然律的事物陈旧
像抚过衰老皮肤的岁月,不适也不说

本事诗·高逸第三

离现在和现实太近
事情就会被拉长的影子遮盖
边角还会泛出微绿的色彩

春水与垂钓,荤腥与小猫
为什么有的故事会随乞丐流传?
长纤维的植物一般不适合作为食物
农田埋名,菜市场伪装明日

事物也会张大嘴巴,吞咽惊讶
像人一样不显露内心的挣扎
有吸引力的工作
比如事业编制或自主就业
值得变着花样被人热爱否?

如此,词与物的相遇才有戏剧性
表演才有预期,关键指标
才能驱赶只活一季的昆虫
面向蛛网般的愿景

一定会有漏网的小动物吧
它们不趋光,不想也不会飞
很久前吃一顿

就能走过很长的夜路

到安静的尽头，躺下来

告别或续梦

也不是刻意为了嘲笑陷阱或谁

本事诗·怨愤第四

燕雀护巢,你说是可笑的行为
鸿鹄有大的翼展
却用于俯冲进芦苇荡里觅食交配

始自年少时,丢失钥匙的次数很多
迁怒于回家的路过于曲折
斜街沿台阶向迷雾深处延续

相遇不易,变形是一种线性解构也是出路
离别的车站,等你扮演个大人物回来
谦逊的马甲接触皮肤会变得暴躁

红颜流逝候鸟南飞,鹰隼回到牢笼
场地自行车比赛临时改为越野负重跑
孩子一瞬间的崩溃优于成人

本事诗·徵异第五

连着几天失眠,什物
就会飘到眼前打招呼
影子的反义词,告别的反动作
语调轻柔如女人在耳边说话
混沌的好感,没有真实的面貌
如果拟人,应是个好人

梦田太远了,还很贫瘠
这里就在手边,又丰富
追逐玩耍时
心率会有些偏高
奔跑时设下的上限
像一个诱惑
一两个瞬间,白船倒扣
荡过天花板和窗棂
黑色的鸟从上往下飞
落回到逆势生长的树枝上
蝙蝠一般不歌唱

此地不是异乡
奇怪的事物没有寄寓的地方
什物倾诉它不想离开的理由
它说天亮前,或许

会有一件小事发生

影子还没有回来

遮光帘还没有拉紧

高层楼房每一幢每一层的窗户外面

都会有人把脸靠近玻璃

他们使出很大的力气,克服反光

想看清里面的自己

到底有什么异样

本事诗·徵咎第六

言语的物质形态是波
发出的声音消失在何处
伤过这世上谁人的心
又曾经拨动过哪个角落里的微火
波程的长短，折射
或反射的方向
真的能决定它的良善与否

那肯定也是一场漫长的旅行
脚步越来越慢也越轻，但不会停
经过挤满人的驿站
越过旷野，谶言
伪装成风不留足迹
假扮成幸福时刻的絮语
辗转与多虑像是命运

早先你看见晨光时的呼喊
在时间中飘荡，后来的某个时刻
余晖会落在你自己的身上

本事诗·嘲戏第七

从一个城市来到另一个城市
春天的傍晚走回暂住地
自一场电影转场另一场电影
被动幻想时祝福喜剧迷
用一壶浊酒歌唱另一壶浊酒
微冷的风雨中裹紧长衣
放一夜嬉戏潜入另一夜嬉戏
披上伪装后问敏感话题

欢乐的代价是足够时间来义务讲解
拿起装满记忆的器皿无语
流水向着南方负载波动的情商标尺
船舶下锚时浪花飞溅彩旗
镜中面对自己谈笑间表情失去管理
脑后有尴尬往事难以追寻
未来总是朦胧多义任凭计算无工具
分叉小径已习惯嘲弄宿命

时间的基本形状是纺锤体

时间的基本形状是纺锤体

告诉你一个秘密,时间

是有形状的:

不是立方体,也不是晶状体

它的基本形状是纺锤体。

你如果不相信,

看看你的孩子,或者回忆

你还是个孩子的时候,

那些从手边溜走的岁月,

是不是那样顺滑愉悦又不知所终。

你可能无法理解时间的形状,

那些来源于更高阶的事物很难描述

但是我们可以模仿,

就像我们无法理解死后高冷的世界,

却可以用生命进行低劣的模仿一样,

其实这也不算低劣,

言说与信仰,愿打愿挨的事,

你可以这么去理解:

就是生命的细沙,暴露了

原本看似无形的时间的形状,

从一个单细胞开始,每一次分裂

就像一次有始有终的旅行,

却不以出发和到达为目的,

重要的是轨迹,是那圆滑的曲线

由线到面，再从两维升到三维，

时间由此开始直立行走，

从一个点到另一个点直线最短，

凭意念甚至可以直接飞过去，

但时间要沿着自己的曲线亲自走过去，

走出了不计其数的道路。

时间的基本形状是纺锤体，

或者进一步说：

时间是纺锤体的组合。

这里有一些明显的证据：

比如殊途同归，向死而生

比如时光荏苒，岁月如梭

再比如中心体的弥漫与蜕变总是不易觉察。

还有记忆，你发现没有：

记忆中清晰和模糊的部分都是对称的，

记忆中的人和风景是可以互换的，

出生之后和弥留之前

很多事物有着神秘的对应关系。

还有我们的身体血脉和天体物理：

受精卵与奇点、脑洞与虫洞

质量与万有引力的关系可能远没有过时，

时间旅行者是否一定必须穿越黑洞，

沙漏放反了还有没有用？

时间是纺锤体的组合，

有一个确定无疑的理由：

在某个纺锤体中部的人,
会莫名地感觉良好又会莫名地焦虑,
最后,表面积无限大的纺锤体
附着着的各式各样的颗粒与灰尘,
都会滑向底部的一个点,
奇迹般地消失。
而另一个纺锤体的顶部,
又会随时有逆向的奇迹发生。

南方的疾病

也冷,但镜面质地柔软
落日也挣扎,妆容不稳
它离开之前会纠结自己的样子
若做冬日暖阳
温水吞服橙色
咳血不仅在北方

未能实现的清晨漫步

仪式般定了相隔很近的两个闹钟
预谋早起,在古城还没什么人时漫步
如若天有些冷,跑起来更好

记忆从哪里开始,到哪一个交叉口
右拐能看见高高的门楼
上一次醉酒时它被当成过退路

可电影让人失眠,深夜听不清楚
隔壁房间的跨文化交谈,耳机里面
英文疲惫、对白极少、接近默片

听遇见的陌生人沉默,反情节的生活
在他们经历过又幻想着的事物里再走一遍
路线不清,按计划进行如获奖一样
是小概率事件

已知未能实现,目的地尚不明确
骰子一掷千金改变不了蓄意已久
发生认识论的层面
偶然如同酣睡,是多么幸福

树杈上的月亮

点是没有部分的东西
不像线,是没有宽的长
相隔遥远,光线落在树杈上
月亮成为被放大百倍的记忆点

习惯的事物被悬挂起来
该有的仰望也是礼貌性的
前景名义上是为了美,而非遮挡
后景的虚实与明暗依赖技术手段

在浮云里出入,好似
在窥视中褪去衣裳
人们执著于真实地抵达月球背面
或它在节日里被带到眼前
摘去面纱时的模样

像一个骄傲明确的真理
面对不明真相的群众
远在天空那么耀眼的天使
下凡坠落时停在树杈上

这泥泞的清晨

路灯最远的一支,最后一个熄灭
它离开早起的、或还没有睡的人
迟疑和留恋是想象世界里的修辞

雨水隔夜雨伞透明溶解不了浓雾
往事随它们搅拌在一起难以分辨
必须劳作的人要赌一把出门时机

像穿越丛林前的准备,也像逃避
缓慢走进这泥泞的清晨,小白鞋
和白衬衫精心等着被弄脏的时刻

街道尽头的地铁口,栅栏刚打开
微小的勇气好像那么不值得隐藏
闯过矜持的十字路口,绿灯才亮

途中的雨

不期而至的大雨,落在上车和下车之间
透明的涂鸦,城市风景随机打上马赛克
所以这是幸运的,还是不幸,或无所谓

路够远,还要开阔,才能看清车是如何
开进雨中。而非记住了大雨落下的时刻
可能无所谓发生,事物在那,遇见而已

竟花了这么长的时间

黄昏时分,路人集散地
街头艺人唱歌时我没停下来
他们用了声卡
公园里的直播女孩
逆光也能看出整过容
过街天桥和地下通道早就没有了乞讨者
竟花了这么长的时间
我上去下来,像是出没在水上乐园
蹩脚的人工波浪里
我想,逗留如果是无心的
那躲避也可以是

行走时谈论那些飘渺的事、不熟悉的人
在某个时刻突然会觉得不适想停下来
或许因为衰老,感受时间的方式在变
听年轻人的歌,假装不讨厌说唱
警惕或信任,是无所谓的常识
只是虚构开始了,我还没有觉察
竟花了这么长的时间
折返多次从这个热闹的街区经过
还有那些几乎同时亮起的灯火
想找个公共绿地的免费座歇歇
却又下意识加快了脚步

然诺

一次打扰,在称为杞或庸的地方
一场细雨,因爱而嗔痴为涨水的河
若干次在来回转念
随意许下关于重逢的诺言
是没见过真相戴着面具吗
还是不辨红绿呢
然也,却也不尽然

从脑后的小路沿记忆拾阶
上或者下,去往的荒芜的田园
私人领地里的柴犬是岁月的提词器
吠或撕咬,一次负责一段演说
关于忠诚或背叛、愚蠢和贪婪
稍有曲折的叙事都需要三部曲
然也,却也不尽然

不敢轻言,放弃之前习惯会喘上一口气
不远被第三方拉长的距离,尽力回来
工具性的手段有时也能算作目的
牧笛,墓地,邂逅在湿身失神的夜里
到了想好主旋律和说词的时刻
回答诺,也真的该说些锦绣又粗糙的话了
然也,却也不尽然

天空

天素颜时好像是空的
若从理想情形上说
天也应该是空的
但它会装扮、又易变
掠过河流山川时的淡然
转眼就给人们浓妆的脸色看：
晨昏的日常变化不离尘莘
阴晴的隐情在于嫉妒和贪婪

烟火在天空绚烂，然后归于黑暗
有人或无人的飞机
风筝一样落回地面
因为抬头看，人们会有飞翔的梦想
同时又期待天使的垂怜
这就成了天成天攥在手心的法宝
要知道，心弦的背景很冷
甚或蒙着一层灰黑色
撩动时的共振实际上就是颤抖
那些它厌倦的呕吐物
飘散下来，伪装成哺育和赐福
连疼痛也伪装成招人疼的样子

世上或许从来就没有什么救世主

天下从来也没有简单的事物

放弃习惯性的天真吧

你看,天什么意义上真的空过?

风雨天

晴朗在观光客心里的位置真的高于风雨吗
停泊在去往他乡的渡口,风吹走枯燥
雨水部分洗掉怪面人脸上的油彩
留宿往日住过的房间,等归期
临窗多看一眼天空的云
就会多出一份输掉探秘游戏的风险
去日光下曝晒或许也有风险
那些人来人往的所在

雨夜去太空

推进器用幻想当燃料
吃瓜群众登船而去
眼见为实,眼不见为净
心智不全的人在凌空蹈虚时
难免惹到高处落下的尘埃

午夜常有魑魅出没
黄梅雨水能否辟邪或降噪
活动影像的秘密是相对运动
意识跳舞,客观原则驻足
对少数自卑躁郁的人来说
移民太空也不算躲进了避难所

梅雨

前提是直接对抗大面积的炙烤
如果有树,可以低头躲入阴凉
在整齐划一的热烈之前
这个时节的具体性,坦然不知羞愧
是湿的和黏的
视听、欲望和皮肤的关系

总是关注天气预报会抑郁吗
防晒霜、防虫液与为了提神
滴在脆弱处的风油精
城市里面多纷扰,郊野的腐烂肥料
媒体总是乐于提示梅雨季节的到来:
梅子熟时颜色在红黄之间
湿煤的燃烧散发有毒气体
烘干机偏执对抗发霉的衣物
还有就是梅雨前后,出入平安

展

茧中的小憩背对着路和光

在纤维的缠绕之外编织新网

注目常常意味着迟疑

不敢占给影留的位

那是时光的穿梭机

坚硬的次元壁降下的维

酣眠偶遇鲜花

面对窈窕未来

浸秀，展臂及翅膀

爬墙虎

不是山墙之上的绿植

是从山墙爬进阳台

在捕食蚊虫时成为猎物的壁虎

也可能是从高层一跃而下

粘虫纸定格住四驱

静止如标本,入药的那种

身体完整地保留过夜

附鳞扁平几乎干瘪

应有挣扎,却未断尾

愿意解救它的人没有发现它

丑陋但无害,不是

美丽却有毒的对立面

或是单纯的呆萌、内向和闪躲

像是丛林法则合理化的暴力

夹杂着偏见、冷漠和禁忌恐惧

动物的面具逆光,黏稠的恶意朦胧

兴奋的旁观群体爬过墙头

骑在彼此的是非荣辱之上

成为扭曲的加害者

量子灰

站黑白的,内心
也会进入灰色地带
灰色似有速度感
涣散又纠缠
告别,隔了时空
高速路上的三四个服务区
起步,虽四秒破百
但能持续多久?

是未来感在粉饰回忆
是对到达的迷恋
制造了今日的局限
在偶然与可能之间
微粒还在不断地分裂破碎
色彩也在分裂
经历斑斓和明亮的中间阶段
归于灰暗
陈旧的说法这是时间之灰
时髦一点
可用量子级别的灰来谈

良夜

温柔地走进这良夜!
这话如果被别人说出来,
已经是否定意义上的。

那天你路过滨海沙滩,经停
异乡繁忙的工作日傍晚,
灯火里有凝视在,
不可见的幽暗,
像习惯了被人喂食的海鸟,
盘旋在游客的头顶和手边。

懒散地从高楼落地窗边
下到午夜的便利店,
带着一人简餐回来之前,
泡茶的水应已煮沸。
春夜的风吹不灭
你顺手买的防风打火机,
烟灰在不经意间,
迷了看风景人的眼。

你看,有助动车倒在河边,
像是有人倒在孤独里。
不是的!揉揉眼再看一遍:

是人，是两个人并排躺在那里，
随风而动却没有言语，
他们没有时间说话，
只管温柔地走进这良夜！

瓷婚

谈论时间有时让人羞怯
还有狂妄的嫌疑
如何计算往事延绵的长短
一瞬之于永恒的意义

泥土被记忆捧着
被成千上万的日子区分
这一次离别,那一次遇见
炉火加热食物
顺便锻造坚硬外壳下的柔软
二十年转眼

2023 年 4 月 19 日

风景

一致性是同一个速度
和同一条轨迹造成的
风景如果有差异
山水,青黄,来时和去时
那是时序和境遇

降噪耳机和减速玻璃相互埋怨
风来自追不上目标时的幻想
隔音的铝合金围栏
立在有人生活的地方
村庄和城市之外
进站与出站
那些敞开之处却也不是山野

前路似乎是确定的
路过熟悉的地方
一瞬,闪过晦涩的迷茫
时速三百公里和秒速二十四帧
哪一个更快一些、更适合展现
离开或到达时的感受
那些拥有又很快失去的风景

晨读时被闹钟打扰

晨读时被闹钟打扰
手机上的书和手机上的闹钟
因此默默计算
最近一次深度睡眠的时间

如果不是打破了习惯
或因为酒
许多夜晚不会如此消瘦又执拗
不禁风,也不倒下

给多一些时间,天完全亮起来之前
寻找开关、充电器和错失的那行字
不怠慢,也不期待一下子就找到
让记忆和血脉先穿衣起来

抬头

见与不见，原以为不那么重要
只是低头那一瞬掉落的
也可能是因为腹痛显出的脆弱
和温柔，很吸引人
山顶的风吹落了棒球帽
吹散开了头发
垂下的眉眼皱的那几下
才会被发现

一个人困在时间的反复追问里
喊好多声都没有应答
渐渐的，门哑了
只有隔断的功能
而残酷的游戏还在循环往复
相见是多么重要，就像出走
特别是你不会主动来找我时

微雨的春天
总有一丝危险的气息
有多远的距离
从山下一路走到这里
人心之外有怎样的事物
值得驻足观看

上次离别到今日已有很久
日落之前,站一会儿
如果更高的山顶风景还是一般
也不会随着光线变化
那就抬起头,面对面
找到合适的高度和角度
然后,一直看着对方的眼睛
到视线朦胧起来为止

这一天，下午五点到七点

午餐先解决饥饿的问题
然后是孤独感
晚餐可能成为它的重复
这一天，下午五点到七点
这一点，很明显

陌生之事，熟络需要时日
原因不明的等待
引述意识形态无形
微波炉里有旧梦等着重温
煤气灶上加热着可见的饭食

门铃叮咚一响，四菜一汤
往日闲暇和此刻是否相似
吞咽或咀嚼的节奏
像钥匙在门锁里的转动
记忆深处的控制键打开了
调用的，不知是阅读还是生命经验

这一天，节日的气氛不算热烈
晚饭前，和衣小睡的人
在沙发上做了浅梦
下午五点到七点

室外的光线逐渐黯淡

曲折地映照出

若干意义上曾有的离别

这样的海边

短暂的,迎风流泪
看不见海浪
凝视别的事物
这种干涩症状,脱落的睫毛
掺在眼睛里都不行

不是咸味的问题
是追忆,城市楼宇间的呼吸
空旷之地的风,天台上
近海的岛屿

海平面始终在那里
内陆的外部往往坚硬,柔软的手
始终寻找缝隙
那些想着潮汐的刹那芳华
潜泳在水面之下
潜伏期长过最长的一口气

经验中礁石居多
细沙是没有到达时留下的病
搭乘什么交通工具一路赶来
又步行了多远的距离
想不断重复说起那些往事

又很难真的忍心

这样的海边，很难留下脚印
这样的海边，有多少人来过

寒冬地理课

过江河而辨阴阳
走陆路去有山的地方
如果进入到风雪里
停下来等候
能不绕行尽量就不要绕行

冬日暖阳是有欺骗性的
在你面前时,慰藉显得不少
它离开后冷酷更多
寒冷星空里
猎户星座的腰带闪亮

盆地底部地下水清洌
在这里饮马休憩
为了继续奔驰
四面都有山林,突围不易
风吹落灰尘,发梢挡住视线

自东向西,由南向北
道路的阴影面积会更大
行路人内心深处会更孤独
冷冻起家乡的食物
翻越山岭,多餐少食
为了不知何时才能有的到达

呆脑兽

执剑人高墙前脱身
面壁者没想着走
在意识的深处
刺客的航船到达渡口
多进的院子如同迷宫

阳光投射在水面
浮油七色
彩条卫衣加绒不加颜色
旧梦依稀，翻云覆雨
飘来的诗句追光而去

迷雾里的谜题
命运嘲弄说书人
一个人必须成为另一个人
钟鸣在饭食开始
与戏落幕时

可然率够用
聪明或呆脑，那座纪念碑
立在历史或未来的某个时刻
内心的野兽若放出来
或也是恐怖的

服务区

隧道和桥梁往往是路上最堵的地方
归心如果遇上事故，则另说

加油站与卫生间每个服务区里都有
能量的交换如水在血液里的循环

安慰性的服务可遇不可求
指导性的服务，可复制可推广

牙齿脱落，吞咽的姿势会不雅
问候是单向的语音或视频，会缺少体温

走走停停，节奏仿生
洄游、蛰伏、羽化
服务区内外，在路上的人
候鸟的外衣，鱼塘里杂居的淡水鱼

人鱼群

两倍速从藏在角落里的测速仪前经过
或跳入深水区,用二分之一倍速挣扎
水下摄影机可以捕捉的表演
黏稠的离别,黏稠的呕吐物和记忆
也许能安然,若有后果
最晚会在三个工作日后抵达
拥挤有生命危险,在陆地,对人而言
如若在水中,沙丁鱼挤入罐头前就扎堆
像一条大鱼,哦不,鱼群扭动旋转
自如地像优雅的人鱼,鳞片又多又发光
可是,优雅的人鱼也是会成群的吧
这是不是一个象征?
慢下来的孤单,数量
几何级数加倍
就成了对人世的嘲讽

黑白无常

昨夜不眠,不是因为失眠
失衡如同用力过猛的无用功
它能锻炼执行力、忍耐力
噢不,那是试探
有进一步拉低底线的功能
一整个白天,苍白是主色
高度白酒浸褪不了伤感,黑夜
在通往更黑处的白衣里
怎么说呢
捆住黑白无常的腿
是笑过就后悔的脱口秀

你我之间,有关线的几个基本事实

以前从我这里去你那里
你等在原地,像是一个
一旦移动就会错过相逢的小不点
省略了孤独
我作为不愿结束的句点奔向你
移动的点成为动线
是的,两点之间线段最短
对你我来说
到达不仅是距离的消失
还是两个点重叠为一个

那个有光和热的中心点,承受着
离心力的挤压
引力是向心的
如果你愿意,我们可以一起
始终移动在圆心和圆周之间
即便环绕是封闭的姿态
就像拥抱
即便射线那么洒脱
只知来处不问前途

经过一个点可以画无数条直线
你知道,时空如果不能折叠

那么经过你我有且只有一条直线

其他连接我们的轨迹

都不会那么简单和直率

如果你不能接受这样的曲折

却又疯狂迷恋可然律

那么就让我们一起

去找寻那个秘密洞穴吧

说好了，不要害怕

别像一条

一碰壁就折回去了的矢量线

标准烈日

有多么想停留在即将失去梦境的最后一刻
就有多么想躲藏在阴影里
烈日刺穿身体的方法计算得有多么标准
惊醒梦中人的恶意就显得多么无辜
日光那么强势,竟是冷色调的

融化在盛夏的炽热里
曾经是一种比春天般的温暖更幸福的比喻
成为缓慢流动、即将蒸发的液体
在那么多次合理的解释和顺从之后
有一次保持固体形态的执拗也很合理

是的,这是小概率的自然事件
不主流也不灵异,偶发却慰勉士气
新奇的事物已难觅踪影
标准答案袋里装不了朦胧晦涩的思绪
什么意义上烈日真的会灼伤赤子之心?

热岛

从郊区或海边返回城市的途中打开车窗
迅速吐一口烟,消除记忆也是如此
听新出的流行歌吟唱所谓纷乱的生活
尚未到达市区前热浪会短暂袭来
夸张的是驶入中心城区的方式
自愿没有胁迫,即便看破什么都不说

中央商务区有中央空调的办公区域满员
躲避着失意人的酒店式公寓产权不清
人群在踢足球或玩飞盘的操场上散去
夹在伏天、多巴胺和摆拍的短视频之间
这么多人不再把冷静看作优点
这一大片街区就像岛屿在沸水中

当温度和热度都高到一定程度
热岛上一个个寂寞的集体
物理的变化就不足以描述它们的境遇
水汽升腾弥漫,人心收缩
花朵散落下来时或带着燃烧的火焰
个体的花瓣一落地可能就化了

如果被称为岛,何为阻断的水域?
船或桥的喻体又指向什么本体?

如果总这么热，热射这样原本孤立的伤害
会不会成为有变异毒株的流行病？

假农事

成年后的城市夜晚
内心时常会有风雨
擦拭双手采摘耕耘
工具和土地都无形

时令历法晚于人生
劳作嘉禾先于歌咏
仓廪不实穿窒曷维
万卷孔阳披着虚空

寸土寸金花草散落
中心绿地难觅桑麻
农人还未离开田地
盐铁背后已是海山

鸣虫飞鸟熠耀其羽
阡陌未开良人不至
均田属于纯真年代
苍老犹如飞跃沧海

忙时哪堪闲情叨扰
识我者不知我心忧
偶尔也被允许叙事
尾声留在抒情时刻

缓慢的白云

似未随风飘动
你那捉摸不定的形象该如何保持
静观多少时光
你才能重新找回曾经漂泊的灵魂
蓝天可被遮蔽
你不可失去衬托洁白的背景过久
苍茫诱惑土地
你携带雨滴或冰雹因沉重而黝黑
疾驰也需停留
每次呼啸而过你不必都笼罩身下
时间无情流逝
你偶尔慢下来的样子像极了自由

广告语

要么阅读,要么行路

卖车的广告语说

灵魂和肉体至少要有一个在路上

不过,上路的那一个

出发前是不是得洗洗干净?

这可以是出版社或洗车店的广告语

脚放在鞋里安逸,留下的那一个不为了走

鞋厂和房产商的逻辑一样

如果非要比较,事物

想成为更受欢迎的那一个

枯坐内心的斗室

人也具有更多被了解的隐秘可能

要么真实,要么单纯

午睡时的梦呓

蚊子先在小指上咬一个包
之后依然在耳边嗡嗡
雨后阳光出来，阳台上的花朵
周围有不愿离去的蜜蜂
午睡时间过长
现实中的糟心事有了进去的窗口
螫针留在皮肤里

山水飘渺，换季断舍离
幸福的音量很小口齿也不清
焦虑却时常自带扩声筒
声音如果有形状和颜色
那会是什么，痛或痒
午睡时的梦呓
如居家办公的人隔着电脑屏幕
母语中夹杂着商务英语

浅谈

没有言语也没有目的地

陌生的城市街区

偶遇到来之前

真的,请你从那座有假山的后院

到门厅来

我走过了复杂交错的路线

人行道上,快要从门外经过

院落深深如记忆

重重门锁待人打开

如果你走出来,我放慢脚步

有那么一小会儿时间

我们应该会彼此看见

需要言语也需要疑问语气

故意提及过往

时间之网如何编织

粗细都逃不过疏漏

只是,它给我们设置的网眼太大

如果水浅,物不够体量

撒下去铺垫再久

捞出水面时什么都不会有

从言语回到意图有反思的意义

如果去往行为

那是怠惰还是冲动?

街头刚好碰上了
我们站在那里说话
言之无物
即便改日约好
行到水穷云深处
换个能坐的地方
怕也还是浅谈

在清晨

在清晨,梦见所有的牙齿都脱落
醒来真的掉了一颗
不再牢固又不忍舍弃的事物
是否终是这样的结局

在清晨,短暂告别沉溺
经过那漫长的夜晚
隔夜的菊花茶
倒掉之前续上热水再喝一口
用沉郁的词语填追忆孤独的歌

在清晨,给虚构人物画素描
厌倦之前反复修改边缘处
日夜交替的位置
柔光效果里的面部阴影与深情

在清晨,一个世界按部就班地醒来
另一个世界挣扎着睡过去

入梅

傍晚时分,告别了很久不见的合作伙伴
我在几个街区之外搭乘地铁回家
天气预报说有雨但还没有开始下
风吹在口罩边缘
就好像我的呼吸多么急促一般
地铁车厢人很少风显得更大
家门口的地铁站到达地面的扶梯很长
出口处有着玻璃顶棚的扶梯拐角
风雨无阻总有手机贴膜的小摊
下雨天还会有卖伞的应景小贩
我出来时天已经黑了
雨应该已经下了一会了
地面有积水,今天他们不在

过一个红绿灯,细雨
落在日渐稀疏的头发上
小跑两步拐一个弯就能扫码进小区
轻盈点裤脚都不会溅湿
不用在关门的奶茶店门口避雨等候
人行道上也没有烧烤摊挡路
更不需要打电话让家人全副武装出门来接
看吧,推开家门往身上喷消毒喷雾时
我要是不说他们都不知道外面下雨了

那略微潮湿的样子还以为是喷雾所赐

他们习惯了带着耳机坐在电脑前

尽量不出去，不去操心外面的世界

离家这么近，有这么多陌生感

夜幕降临时我回想这么久才出的这趟远门

地上地下，入口出口

这些空间的坐标虽没有变

但改变的东西说不清也很明显

时间的出入口会不会也在哪里改变了？

退回到荒废的春天重新生活，或者

直达凉爽的秋日撒欢？

答案显然是否定的！

舒服上几天的假象下

潮湿闷热的真面目

有着悠久的文化传统和鲜明的地域特色

今天入梅，才是梅雨季的第一天

体物

身体之外的有形之物时常可以拿过来
把玩,从有感应灯的时光装饰橱里,
或清心寡欲亦可沉溺。

轮廓是不规则的,豁口如果太多太密,
温柔低语就会突然出现呻吟甚至尖叫。
色彩应该也没有当初艳丽,切不可
使用新颜料

修复。新人相较于旧人,旧人与旧时光。
锯齿用久了会磨平,刀锋会有齿。
说到材质,金属和玉石
可以打破习惯,改变不了偶然。
装饰有古意,插上电源有影随形,
层次丰富的程度像一个有故事的人。

物体表面有反光。如果要抒情,
请远离易碎品。
叙事源于物体的移动和得失,
人尚未做出戏剧性动作前,肌肉记忆
给真的记忆模拟可然律。

孤立来看,实体比氛围重要。

周围的磁场是会波动的，切割磁力线
会触发安保系统。拿不走，
即便拿走了资本也会把它追回来，
丧尸青春电影里面目全非的牺牲一般，
流行性很强的病毒，
丧志，与物权有关。

物体是它自己，静静地没有言语，
现象是什么样它不关心。人如你我
融入四下无人处，还披着保护色，
既熬不过静物却又随着物欲流淌。

雷雨夜

这时节,雷雨像个蹩脚的圈套

尤其是夜里

闪电的光线诱饵一般

可雨中蚊虫不愿出去

昨日夕阳下窗台边的蝴蝶

此时不知栖息何处

浅睡中醒来的人很像昆虫

也有趋光性

他们趴在窗台等下一道闪电

期待它能快意恩仇

有腔调有轮廓,犀利骨感

夜幕与雨云看上去很凝重

到外面去,象征意味更重

这时节,每逢雷雨夜

窗台内外气氛都会压抑一些

可几道不成形的闪电之后

天也就亮了

一种恶的逻辑

你知道入睡有多难吗?
在这样的地方
这样的时日
如若不是连着几天
把我从难得的睡梦中惊醒
还嘲笑了我昏花的双眼,不再青春
接近于菜鸟的手速
我可能也就忍了

是的,我羡慕你的速度
青春自由地飞,还吹着自在的口哨
我一眨眼
你已没了踪影
没错,我知道你也不易
为了口吃的不辞辛劳
跟我一样进了封闭的房间
也很难随便出去
但你并不关心我的痛痒
你只是为了一己之私
像我一样
很久了,我用适度的耐心掩盖着
置你于死地的汹涌欲望
你看出来了吗?

隐身于黑暗或盲视之中

倏忽,疏忽

我相信,只要我身上有血

你就会再回来

只要你回来,终会难免这样的结局

——我的血和你的身体一同破碎

可这次这样还不足够

从好人这里

一种恶的逻辑也可以被展示出来:

你的宿命需要一个完整的过程

它还会被公之于众

蝶窦

口鼻与喉舌对于发声，
就像四肢对于行走，
如果说到歌唱，
则与奔跑类似。
消耗那些多余的脂肪，在没有忧虑时。
紧急状态下
走不脱，都可以用跑的。
但是，那些说不出口的话，
并不会如热量一般真的消失。
是的，哼鸣与呻吟都是含混的，
胸腔的参与会让它们更深沉，
激越的呐喊与惊声尖叫也不一样，
头腔的共鸣让人飘飘然，
或是入脑，或是走心了？

与发声有关。在口鼻之间
一个神秘的夹缝里，
偌大一个头部有个叫蝶窦的地方，
小小的腔体就像个中立的小国，
吐纳气息与生物电流很少经过这里，
喜悦或悲伤愤怒也很少经过这里，
更不用说歌颂与哀悼，
批判与思考。但是

蝴蝶振翅或卷起风暴，
如果歌唱能让蝶窦共鸣，
声音就能站起来奔跑，
拓展边缘处被忽略的疆界，
低音与高音，杂音或泛音
很神奇地统一为美。

还是与发声有关。
蝶窦无用，
好像什么都没说，
似乎又包含了很多有用的东西。

痛痒

蚊子包在新鲜的伤口上
打压抓挠,手势
不知轻重该如何
夜色中,撩拨心弦的小小放纵
突然被写进了重罪的条目中
戏谑的被辨别,然后分离出去
身体向远方的旅行
与心灵归家的方案对照性价比

这很像是一种嘲讽
有人背着手站在那里说话
隔着靴子切肤
表面的与更表面的
为了谁肤浅争执了起来
口舌生疮的结果是
喑哑的与更喑哑的
再沉郁也唱不出长歌

一个个平常不过的白天和夜晚
这些无关痛痒的事物
到底与什么有关呢?

读书郎

如果有再来一次的机会
一定要好好读书
安静地待在学校里
不能十几岁就参加工作
从小地方一路混到大城市
要去也要到大城市去上大学

之前我时常问身边的读书人
书里的世界和世界上的书
哪个更复杂、更有用呢?
他们说的都是我爱听的
我说的他们也爱听,还觉得很有用
通常我还没有去
一些我说的话已经在很多街区传开
那些年月真值得怀念
拼命地干工作没有时间读书
也不觉得惶恐

现在看来,那些满腹经纶的家伙
可能并没有跟我说实话
我读的书少,骗我
摸爬滚打这么多年
都说我德才兼备

真不甘心停在这个艰难的时刻
我想，如果当时有人站出来
指出我的无知
是不是会有更好的效果
书读得少不可怕但要想着去读
毕竟，一个读书郎
能有什么坏心思呢？

四月

无限趋近于零
是一个古老的图灵算法
到达零
得手工打磨

治水那些年
从四月到九月
如果不是口口相传
后人怎么知道
堤坝越垒越高越危险
侍者如斯，言语经历过
这样的罗曼蒂克消亡史
给川流一个宣泄的机会吧
它会改变方向温柔而去
依旧不息

四月之前是三月
阳春开始时
一切似乎都还很美好
夏天和雨季都要来了
洪水到来之前
一切也都还来得及

少数派报告

很多人问为什么
答案被整夜的风雨淋湿
吹到失眠人耳边
就贴在黑暗中的透明玻璃上
吱吱嘎嘎，旧春光早已不在了
好不容易找回家来
先前走失的小动物一般
冷到发抖

大多数人并非天然沉默
比沉默更多的
是陷于搬运、跋涉和独处之中
这些事发出的声音都很小
静静地不需要言语
读书人常说
道义上靠近大众
才是先锋的

少数人的工作是会议与决策
或辛苦地给更少数写报告
比他们更不易的是关键少数
越少数越关键，也越孤单
建筑师都知道

离开基座远了,脆弱
离开折断就近了

报告还没有最终完成
可行性分析与利弊研判
答案还在风中飞舞
是的,没错
最大的大多数显然是全部
最少的少数派据报告显示是壹

四月的礼物

四月的礼物
第一天就会被拆穿
老黄历了,新年开始
怀旧和嘲笑也同时开始了

讲真的
我理解你的焦虑
要崩溃
定会从雨季
和狭小的心胸开始
食物匮乏的时候
苍蝇也是肉,但恶心
说句玩笑话
如果你里面阴暗潮湿
外面的阳光就算无限
也是被隔离着的

斗室难有风景
更别提寄情山水之间
智者乐水
怎么不入爱河
愚公移山
那是为情所困

过几日,之后
再过几日
给真话一个机会
在需要纪念
或祭奠的时候

摊

夜晚,街道上很少有人
这个时期的城市
即便在白天,气氛
也如同云彩一样缓慢到凝固
没有风,除了在路上
飞奔着的食物

一日三餐不包括夜宵
碳水肉蛋
夜深了摆出来
绿叶菜在显眼的位置
路口的斑马线与红绿灯
也很显眼,却没有行人
出来遛弯消食的老人
和爱夜跑的大叔
都已经封在了琥珀里

摊上这样的光景
再过一两天
夜宵摊怕是就要收了
可每当这么想的时候
就真的会有人凑上来
摊子瞬间就像个活物

伸展开了手脚，吞下点单
打开煤气罐
点火赋予它生命

是的，这么晚了
总会还有饿着
或者又饿了的人
就算不声张
人们也心知肚明
摊上谁
都更喜欢吃饱了饭
还没撑着的人

天乩

江河横穿城市
面子里子
在沙盘上推演
主外主内
给贼人唱空城
五行阴阳
婴儿车装围栏
有无台阶
可以抱着桃木
吉凶问谁
坚韧淡定一些
心中日月

春寒祭

春天可能是残酷的

春寒尚未了

如果生命流过指缝

双手张开

原是拥抱的姿势

如果被命运捉弄的天使

错过了飞翔的机会

还想着奋力长出翅膀

春天就是残酷的

春祭还没到

一部分生命

于万物生长的时刻

散落消逝天际

岂知与这些生命有关

那些破碎了的部分

就是全部

没齿

睡前的瀑布在丰水期
带着低度酒精挥发的气息
神经的末梢
刺痛，先于运动
遥远世界里的安慰难以咀嚼
还不如麻痹在自己的梦中
梦见山水阻隔的地方
桃花艳丽，如泣血
梦见遗忘不说的时刻
口舌油滑，也生疮
过往的现实里
也曾全副武装的吧
深扎的根基，锋利的边缘
还会耀扬撕咬的能力
对弱肉和纤细的草茎

从自己的床上醒来
像一个卑微的借宿者
昨夜的碰撞和敲击
别人不愿提起，你却忘不掉
水面上浮动着细碎的呐喊
好事者投石砸出水花
或把恐惧扔到高处看你的笑话

一直这样作为工具使用吧
也一定以此为乐过吧
岁月不用铁器，用炮火
翻开你身下的土壤
在植物蓬松的坟茔中
看看上下左右
你哪里还有一丁点
开始时硬气的样子

迷你酒

刚留下时穿厚羽绒，
开暖空调，
现在洗冷水澡，
夏虫在耳边叫。

刚出发时小小寰宇嗡嗡，
秀才负心，还遇到兵
到处咸了淡了的黑白乾坤，
脑瓜子也嗡嗡。
现在斗室终也乱了阴阳，
昼伏夜不出，
躺下不多时就会醒。

饿是失眠的宾补，
今夜一口零食一口酒，
超人飞走了，依旧爱咸蛋
白的太咸黄的无油，
五粮迷你，
岁月倒出可下酒，
时光倒回便上头，
夜深独酌无影，
不过为了安睡。

监控里的雪

昨夜飘的雪
远远落在异地草坪
蜻蜓眼中黑白色的白
覆盖白日里绿色

监控里的雪
来不及亲眼目睹
清晨就已化掉
被监控的雪
并不真的被在乎
何时化掉

归去来

按当天往返的计划准备了行李
没想到竟出了这样一趟远门
不知晓目的地,没有导航
就像落入孤独的梦境
一个人的冒险
隐隐有些兴奋,也恐惧
接到的通知说动作要快一点
天一黑,雪就要开始下了

去程的山谷里风在呼啸
明亮环境中的脚步声有着暗夜的味道
风景要停下来才能看清
这是它惯常的方式
可是,你停不下来!
常用的老式相机没有带在身边
即便在,运动中
各种复杂的光线条件下
没有白平衡
白色也很难还原

现在问何时抵达,还有些早
高音喇叭和低能见度
趁着火光照亮陌生的街道

多看一眼窗户的位置

和玻璃反光中自己的脸

黑色的土壤从雪下面翻出来

人群聚集又散开,夜幕之中

你的肤色和他们一样

面部阴影都一样

可心情更沉重一些

灰色的天空下灰尘覆盖白雪

雪脏了,扫到路边即可

内心蒙尘就很难处理

归途如若只是漫长一点

不过是艰辛

可它迟迟没有开启或根本就没有了

这才是煎熬

黑白灰的周遭

人兮归去来

啴缓

犹如一壶烈酒饮尽
夜风骀荡,飙尘

醒过来之前
想起的一个形容词
与沉醉有关
来不及上头就已飘散,无影踪

栖迟在躺平之外
人生一世
难免草木般菀枯一秋

那些你知道的事物
以前还隐约写入笔记
如今在禁止的名录中
恻隐与歆慕都晚了

你描绘的怅然时刻
人们窃目流眄
创痏如果是常态
侈谈什么治愈

金属摩擦的声音

寒意并非来自清晨与融雪

冷空气里有着更巨大的能量交换

摩擦并不总能生热,若不钻木

摩擦只发生在金属之间

口腔靠后位置上

用于咀嚼的牙齿会冻僵

金属摩擦的声音虽无形

穿透肌肤血肉

外露的釉质或不愿被深入的骨髓

都难逃脱

铁板与料理铲唱着双簧

食物没有话语权

餐具间哪怕短暂的碰撞

据说也有悖于礼仪

还会被置于伦理的困境中

食不言时被唤作沉默

一思考似乎就没有了热血

水或木头被孤立甚或驱逐

刀叉递过来

尖锐的部分向前向外

有意思的是剑戟,这么冷

的兵器

防守时做出优雅的姿态

真扎心了又非如此

金生水，金克木

刀剑收割动植物

狩猎寓言里

金属摩擦的声音没有喻体

偏执中有尖锐的东西

子弹和枪炮

昨夜未及落草

昨夜未及落草，
今日，微风轻抚房屋外墙上的藤蔓，
日光下便也不好再做。
这是个忧伤的情形，
被偷走的岁月，
或许仍未散尽，
或许还在某个角落，
颤抖着等你拿上刀枪去抢。
那就去抢！
道他征途、林莽与旧时光。
草木如欲望趁着夜色疯长，
偷心的土味太重，
舒适的牢笼里锁链无形。
昨夜未及落草，
今夜再来，不要迟疑，
流寇的名声不好却很实用，
单纯的贼人总能找到欢乐的方法。

昨夜未及落草，
所谓儿女情长，
潜伏在一个节日
和另一个节日之间。

雪花简史

从看不见的地方来，有无之间
神秘得如同虚构一般。
温暖与热情是受人欢迎的，
可那冷酷的基因终是隐藏不住，
飘落时尽可能成为完美的六边形，
更洁白，落下的轨迹更像花瓣
去讨高纬度的世界的欢心。
不是的，这是为了衬托人类
才故意显露出的情感控制意图，
难度系数和完成度兼备，
多彩世界需要非黑即白的装饰。

回到难以言说的角落去，有形
与无形的宿命。
每一片雪花都不相同，
它们却叠在一起假装是一样的，
那么大一个集体中的每一个个体，
纷纷扬扬起来吧，厚起来
预兆丰收，
被玩弄时制造简单的快乐，
或掩饰伤痛也可以。
为了停留得更久一些，
没有一片雪花会放弃，

就书写自己的生命史而言。

没有落地就逝去,还是永生?
欲望的下面有温度也肮脏,
存在了太久的伤感,
没有什么新的外衣就不美了吧!
极地的冰川里,
尽是些前世无瑕的雪花沉沉睡去,
醒了,却化为今生的苦咸海水。
地层下最古老的冰芯里有冻结的呼吸,
那一口气可以让雪花再多飘一会儿,
纯洁终是象征性的,罪恶也是。
雪崩其实并不常见,
普通的一片雪花,终其一生
也很难碰上这么戏剧性的事情。

时差

不是因为相隔很远的距离
是与时间的亲疏关系

如果愿意成为它顺从的侍者
按它的标准切割生活,网格
或区块化管理
它明明塑造了你
还会赞扬你的自律

如果做散漫不懂规矩的那一个
该做梦的时候你会出现在别人的梦中
该清醒了你只能流落于自己记忆的荒岛
昼伏于茧中
夜深了也找不到出口

你若反叛
时间会如看似温柔敦厚的长者
放任是表面的
暗地里的酷刑很多
下重手时它不长眼
就算有眼睛它也都不会眨一下

时间这无所不在自私吝啬的暴君

差一秒、一个时辰或一生
它都会加倍找你要回去

褪黑素

是可以让黑夜早点过去吗？
还是会使得脸色更加苍白。
从听说了这样的事情，
从悲伤升起的那一刻开始，
大脑里的松果体就停止了分泌，
接近于黑的深色帷幕就那样垂在面前，
风吹不动，手也拉不开。
如果被动地睡去，
黑夜就会真的早点过去吗？
阳光直射在集体宿舍的上铺，
隔夜的愿望清单已经腐烂，
清冷又孤单。寒假
白色的隐痛与白色的雪，
一天一顿餐食，一生一路奔波
团圆即将开始，黑与白在双向褪变
可以不去冲动地谈论迟到的正义，
药物用于治疗间歇性的失眠，
迟到的温暖安抚不了长眠的人。

孩子与冬日的海岸线

若干年的春秋加在一起，

小于这次冬日的告别。

孤独的孩子厌倦了冰冷的北方，

厌倦了每年无趣地长大一岁，

他带着积攒了很久的钱和药物，

一个人去南方看海。

冬日的海岸线，漫长

潮湿裸露在外面，

可是，旅游胜地正值淡季，

还有瘟疫在人群中蔓延，

天堂里都是陌影。

大多数人隔离在自己狭小的房间

和目空一切的视野里，

爱与包容的功能有障碍，

热衷于争斗和撕咬，义愤填膺

那些玩不腻的角色扮演游戏。

他们不敢出来，

躲在一副副腐烂生锈的铠甲里，

还不愿意让孩子在海边站站，走走停停。

刚长大不久的孩子

告别前的这一次面朝大海，

让春暖花开听上去

真的像大人们骗小孩子的谎话。

这个冬日，天涯海角

薄暮之后尽是浊浪，

还有一落地就脏了的雪。

在不大的房间里

原野在旅行或书中,一般总是别人的。
空房间不属于自己,流转在大数据里。
铺上一次性的床单,睡自己带的枕头。
烧几壶开水烫茶杯,更要烫几遍马桶。
没有帐篷安营扎寨,战争片百无聊赖。
规划最佳跑步路线,从浴室门到床边。
打开窗的次数有限,要用在最郁闷时。
生活指南可信与否,作息也很难规律。
放纵一下欲望允许,规训亦可被理解。
独处原本是奢侈的,集会的印痕淡去。
过往的经验与贫乏,留在玻璃幕墙外。
新鲜的水果和孤单,在不大的房间里。

纵情

在一首流行歌的时间长度里,
放纵肾上腺素和多巴胺的分泌,
天亮前终需一次脱缰,
一饮而尽,重复多次,
舌下的龙舌兰是咸的,
醉酒带来的歌唱,
味道也是如此。
从不计后果的那次离别开始,
还有什么也是这样的:在预期之内
在俗套和滥情之内,
言语道断,盐焗油膏?
若干年前的世俗之歌,
今天已显得忧伤文艺。

时间腌制红肉与白肉,晾晒
那些多一句劝导都显得徒劳的欲望,
无意中流的血,空地里的腥味
已飘到了对岸的树林中。
骏马一般的少年几近成名,
九月的操场,典礼上的表演
被一大群黑匣子里的魂魄嫉妒,
传唱尚有气力与不多的机会,
纵情,如此这般的纵情可复制可推广,

大多数情况下，

作为一个意义不明的梗，苍白

又极度舒适。

风与马：遥远之地的黑白色

什么样的声音能穿过黑暗？
色彩不能，在漫长的旅行中
鲜艳的东西会褪色。褪向黑白色，
各种灰度的灰色，
乌云下，逆光中的单调剪影，
由颓靡的趣事褪色而来。
说起往事，风总是借口。
不是这般感性的讲述者，而是风。不是
眼泪，而是风。
带着世俗的思念破解到达之谜，不是马，
而是风。
遥远之地和黑白色的往事本质上是一样的，
昼夜与走走停停的马也一样，
瘦马驮着老者，白驹跨过小溪。沉默
就是日光下的黑暗。嘶鸣不可能，连呻吟
都在跋涉中被禁止，消逝。

事物的哪一种结合方式才能类似于生殖呢？
新事物诞生，风吹过马鬃。
帽沿挡住骑马人的眼睛，老马却识途。
一种可以预见的中途退出，是告别。
风与马的结合，遥远之地有风马被风吹动，
而古老的教唆却不问马停在哪里，问人。

真到了离别的时刻,下马行走也是可以的,
还可以人格化地煽动情绪,非黑即白的逻辑。
再见,曾经同行的时间旅行者。
再见,风与马
遥远之地的黑白色。

眯着眼醒来

眯着眼醒来,从宿醉中
返程时冬夜的风吹得更紧,
相较于春天和几个时辰前的来时。
快要睡着的时候眼睛会变小,
周围有很多网民和等网约车的群众,
群众中大多是面善的路人,
也有你看不顺眼的人。
他们眯着眼看你,模仿你眼睛的大小和斜度
显然带着嘲笑,
你想努力睁开眼睛看清他们的面孔,
戴礼帽的,留胡须的,精致的文艺的人,
神头怪脑的人,
车来了女伴走了自己还迟迟不走的人。
酒劲上来了,
你想但你没有权利吐别人一身,即便是
你看不顺眼的人
你想起了过往时代一句
杀敌一千自损八百的玩笑话:
群众中有坏人。

眯着眼醒来
阳光明媚的八九点钟,
昨夜窗帘没有拉上,

等一会适应了光线,
嗯嗯,你也许就会回忆起
昨夜,应该是有坏人混到了群众中啦,
至于是不是
你眯着眼看到的不顺眼的人,
你又想了一下,也不敢确定。

骑手

阳光与早餐可以都给你,
代客跑腿也不难接受,
难在那些一瞬之间的踌躇与懈怠,
还有需要克服的怀旧惯性,
时常出现的那丝敌意也并不是只针对你。
衣袖落叶色镶边,
后视镜里有忧郁的头盔倒影,
没有目的地的游荡现在是越来越少了,
机车是自由的,满世界寻找地址的人
竟也会被你称为骑手!
说句单身浓情时不会脸红的话,
风起于成为谁的夜晚无所谓,
和你的饥肠一同醒来,
才显得又浪漫又荒诞。
走过了这一段循环往复的旅程,
有朝一日,不等你说
我必先解雇了我自己,
换一辆车,不问路
一路不停骑回家去。

代驾

市中心的夜路,
比上次经过时要颠簸了。
地铁出口,一句副歌唱破了音
还是以前的发声位置。
经过这么多街区,
为什么这个公寓这么晚了,
还有我想多听一会的钢琴声?
郊区那些无人收拾的二手时光,
飘散在路灯背后,
返程时的轻松和空洞,
也困于移动的夜色之中。

混在路边梧桐落叶里、同样风干的
有被人丢弃的玫瑰花。
寒冷中的汽车头灯比以往更像冷眼,
尾灯也冻得更红,
单行道朝向远处泛黄,
对我并没有意义。
我只管折叠好我的人生,
放进别人的后备箱,
说着敬语,按导航出发。
路口红灯时,看一眼朋友圈
或直播间,

里面人来人往自由翻滚，
如我爱的可乐，
是甜泡沫的收容所。

谁能弄懂那些复杂的酒精作用！
散场时，
男人们成群结队依依不舍；
停车场里孤独等候的人，
爱编织关于梦想的借口；
夜店出来的单身女子，
都很纯真，还带着些愤怒；
那些明显是刚认识不久的情侣，
亲昵或者争吵全都是两小无猜的样子。
在路上我忍不住猜想：
那些未接的单子、未走过的路
会不会更有趣一点？

关于昨夜的恋慕，到清晨
已没有滋润它的露水。
记忆碎片会移动，
柔浪翻滚、似水如风。
再见，早起的妻子和上学的孩子！
我们住的地方，
公交和地铁都不方便，
我也想开车送你们，
可这得等有车了再说，

现在,我要喝一杯
睡上几个小时,
然后去公司上班,
等天黑了,再去守候或者寻找
那些需要我
我们也很需要的人。

秃黄油

黄油源于牛奶和匈奴,
草原古老而又浓密。
秃黄油不是这样,
它因为被称为秃而显得老,
其实它是美味的蟹黄酱,
还有小而鲜的肉,
"秃"系江南吴语,
发忒音,是独有之意。

名字和意义有巨大反差,
就会升腾出一种戏剧性,
你想写几句有关生命老去与延续的感叹,
像秃黄油一样拌在米饭里,
或者像真的黄油一样夹入会有的面包;
你还想冷冻储藏起整个过往的回忆,
什么时候想尝尝滋味,
就可以取一勺化开来慢慢享用,
只是要记住:
加热不能用微波炉,
一定要隔水蒸,
而且时间不能久,
否则一切就腥了。

食物如果隐约具有诗意，
显然难以满足口舌之欲，
写作也难于咀嚼。
很久以前你就吃过见过，
时至今日，
你才想着分行写几句话。
可是，为什么你又真的写不出什么呢？
呵呵，别人不知道，
你自己心里还没点数吗？
守在岁月的门前，
黄油手一滑，
是那个字刺激了你。

右转必停

很长时间以来,
在我们的行车规则里,
和其他的一些有关方向的事物不同,
右转比左转
——这个城市也常以小和大来称呼
都因更方便而更亲切,
没有专门的红灯,
也无需等过斑马线的人。
由此,大小能分清
小事还容易化了,
这很好只是显得素质低,
还多了些安全隐患。

后来的情况有了些改变,
一些复杂的路口右转有了限制,
红灯调节那些想要随意通过的车辆,
就算没有红灯也要注意礼让行人,
因为在道路上,据说他们更弱势。
只是直行与右转在一条道的情况,
直行车规矩地停在直行的红灯前,
这会让那些着急右转的不悦
却也说不出什么,
他们只能用道德而非法律的名义,

谈谈路怒症与绅士的品格。

现在更有意思了，右转
也成了一种左转。
车辆，那些大车
——特别是公交车和校车
严格要求着自己
不论是否有红灯，是否有过马路的人
右转必停！哪怕停一下看看
没情况了再走也行。
自律的标语挂在车屁股上，
提醒着后面的家伙不要跟得太紧，
不能盲从也不要催促，
还要警惕前车的视线盲区。
右转必停，开始有些奇观性
可习惯了也就好了，
既然飞不过去那就平心静气，
大不了就像左转时你得停下一般。

不过，右转必停
有时会产生一些歧义。
比如，是打了转向灯了就停
还是到了路口才停？
再比如，就是今天早高峰堵在路上的时候，
孩子在车后座和我讨论
一路都在我们前面的大车上

这个标语的意义，
我跟他解释我理解的意思，
他说这是意思吧，不叫意义！
以及还有一个问题：
是不是应该不光那些公交车和校车，
私家车也都该这么做，
或者最起码都贴上这个标语？
小孩去上学大人去上班
一路上免不了大转小转，
有时出门耽搁了时间还会有些赶，
如此可不可以不停？
或者，那就尽量别右转了
遇到类似的情况
从左边的直行道一踩油门超过去，
绕点路或吃个罚单，
少想那些自以为是、自我中心
又当又立、易燃易爆炸
还似乎带着隐喻的问题。

刺青

皮肤表面如果划过传统意义的刀锋
边缘姿态怎样才能确立？
这是点彩画法，针扎下去
可以消磨末梢神经的疼痛
单调又琐碎的感觉
如没有焰火的白日梦

从什么部位开始
欲望会下降到隐忍蛰伏的程度？
走出这间小店
街区也显得冷漠
花朵和焰火当然会绽放
问题是它们会对着谁绽放？
可能也不一定是人
人格化的事物也可以
比如资本
你看，裙裾在风中摇摆
花朵温暖潮湿
你别看
陌生人的手指划过皮肤
如同钝刀
长虹玻璃隔开清晰与灰尘

一列开往冬天的火车

并不比春天的地铁更差

天冷了加上棉衣

自己照顾自己

远方荒凉的河堤之下

或有人注目

眼神里有凝固的流水

寒潮进入身体

血液在更远一点的地方流出来……

刺上的这朵青花和花一样的刺青女子

绽放一次的单价

够不够支付回到故乡看望父母

然后再返回这里的双向旅程?

流体

细沙顺手滑落

不允许有水

离开这一幕的距离

从未这么精确地计算过

堡垒融化了

无雪的寒意阻拦了什么

西北偏北地区的女祭司

被朝阳追赶的钢琴演奏者

经纬网罗了无数的蛇

与孤独的瞬间

遥远的爱琴海微风凝结

诸神沐发于冰

冰冷的目光末梢

滴落数载前纯净的分泌物

黑白隐于黄灰色的沙土

一株孢子植物在沙土里生长

雌雄同体

如同在流水中漂浮的水仙花

荒漠和森林大火

有着一种流传已久的暧昧关系

火柴点燃了

可以照亮一下隐秘的角落

水分没有完全从身体里蒸发

说不出的事情随时光一起流逝

船要靠岸时

会呈现浪花该有的模样

旅行睡袋

睡前撂在那里的一行文字
睡醒时丢了
睡前身边的事物堆得散乱
睡醒时更乱了一些
睡眠的表面张力抛物线扁平
睡着几次,胸前痉挛

惊醒梦中跋涉的人
对失眠的人来说
抒情诗也具有叙事功能
语气词里有潜台词
不说清楚因果逻辑很难向目的地交代
如若就是不去想或许能蒙混过关
单纯依靠思考去遗忘
不健康也很难持续

要从还是学生的时候开始,至少
从旅途还没有开始的时候计算
离开铁皮屋,钻到羊皮套子里
药和酒不离身
喊一声走了
睡袋斜背在肩上
先去往或可安睡的异地
回程票回来时再说

找茬

因忆起往事时忽略了礼貌问题
而惹恼岁月,
它站在单行道拐角的阴影里
带着武器堵我,
没有岔道,烟灰烫手
还飘落到新女友纯白色的裙裾上,
隐忍了一会之后我还是决定出手,
可以假装是一时冲动。
既然岁月在找我的茬,
我必须和它干一架。

时光的加速运动是有针对性的,
这届管理局有官僚作风,还很记仇。
能屈能伸地做一个老实人,
发际线和植发量很重要,
播种然后收获牙齿,
尊严和自由都不会成为问题。
对着往事里让你尴尬的人,
大喊三声他们的名字,这样的骚操作
有没有回答都会让你兴奋。

找过了多遍也没有找到的东西,
事实上就是丢了,

态度和欲望都一下子暧昧起来,
从什么时候开始胡须渐渐泛白,
即便从胡茬时代开始寻找,
也很难把它们从黑色中挑出来。
就这么叹气吧,
过了这段岁月这一关,
下个路口还会有下段岁月堵我,
手持明晃晃的杀猪刀。

我辈

我辈的视角里
肯定潜藏着父辈的视角
甚至是父辈展望我辈的视角
不然怎么解释:
当我们有了孩子
似乎立刻就会从血液中流淌出
成为他们的眼界和手段
如同演而优则导一般

我辈岂是蓬蒿人,越笑
越不愿意回头
鸿鹄怎么知道燕雀虽小呢?
前途和前途焦虑并存
家庭教育中的一般性问题如此
学校和社会潜意识里也是这样
你看老干部局、退管会与关心下一代工委
工作职责这般泾渭分明

回看往事的方式有很多种
父辈如入有我之境
以史为鉴,可以知兴替
我的父辈和我道理都懂
怎么穿越代际的更迭和时间的迷雾

我和我的父辈得立项
一起研究研究

哑

不说话了，静默的时间
都用来让喉咙充的血流回去吧
多含梨片多喝几杯绿茶
梨膏糖在梨花落下后酿造
才会更甜，直播视频里
从美颜美女那儿买来的绿茶
太淡，泡一遍就没有了滋味

不说话了，医生不让说
那就遵从嘱咐不要自说自话
以免破坏医患之间的和谐关系
后路要留好
当你又能够交谈甚至歌唱的时候
得有个倾诉的地方
不能再像上次的野马一样
猛跑跳，乱吼叫
头发都弄乱了

不说话了，没有了言语羁绊
身体能变得更敏感一点
指尖触及周围凝重的空气
振动起来吧，傻傻地摆弄音叉
如弹奏空气吉他

演戏也尽是些肢体戏剧哑剧默剧计划

站在那里不要动想想对策

没有任何底稿的脱口秀

开讲了一小会儿

就会因为没有梗而停下来

话不能这样说哑然失去了什么

事要怎么办

哑口竟再一次无言

房门

摆在墙角的椅子倒扣在桌子上
灯盏和茶具相隔不远来自多年之前
烧得不旺也不可能没有熄灭过的炉火在闪
身边没有同伴找不到同行者和要找的人
门户很难锁紧了,用锈了的门锁
就像老人发紫冻僵的嘴唇
有不自觉的翕动习惯

不规则房间的任何一面墙壁都很斑驳
被折射的那些视觉残留
在多个家庭成员之间流转流传
好多年才撞上岁月的回音壁
在房间里狠狠抓起一把幻想的青草
弯腰的时候头发被风吹乱
跟猜想的一样
发梢已经开始变白
微笑着尽力伸展开身体
出门时不屑频频回首挥手
进门等同于再一次投入老情人的怀抱

山水

站在滨江楼宇的中高区
找一个夜晚眺望对岸
事情有时就会变得有些荒诞
古老的建筑会因为低矮
消失在年轻的天际线
当然,节日会有例外
老龄化的时代
水边的那些老门面房
必要时会亮起灯
聪明的人喜欢波光粼粼

近处的摩天楼适于仰望
仁慈的人最爱高耸入云
工作日的格子间小姐
习惯下到写字楼的底层午餐
习惯成为与氧气敏感纠缠的血细胞
起初难免隔阂与冷漠
血氧饱和度按计划回升时
风情才会显露
不要误以为工作的地方
是大楼的心脏
面无血色时胃才是心脏
难怪被摄的风景

常以灿烂示人

如果你厌倦了高速升降机
那些惜时如金的隐喻
可以策划一次短暂的历险或逃亡
丹顶鹤翅膀上跳蚤的生活
有别于一群木讷的小鸡
却也这般惶恐和快乐
推开消防通道的防火门
跨过三十九层甚至更多一些的台阶
向上跳着爬
累了就靠在玻璃上
看看楼上或对岸的风景
看看吃饱了饭的人们
如何让呼吸吞吐
目光仰俯
散发出山水的味道

蜗居

秋天快到了,
丰收太物质化,
忧郁属于意识形态,
那么多的人离开自留地
茁壮成长,
那么多的事物
进入罐装食品加工厂。
死目标,活猎物
小农时代的寓言留传下来,
这一亩三分地,
足够人们反复把你耻笑。

洞穴属于遥远的地质年代,
看似与你无关,
眼前的蜗居,
背叛了满世界的奔波而来
你得选择是否收留。
隔壁学校的操场上
孩子们每年都按时参加典礼
或为到来或为离开,
有一处,你翻过墙头
埋下了行李的位置,
却并没有留下标记。

如果你不惧怕出门，
甚至还敢于站在摩天大楼的顶层眺望，
那些楼群里的格子间，街道上的行人
他们看不见你，
一群木讷的小动物也有惶恐和快乐
像你一样快乐。

你待习惯了的地方，
已经人来人往，
但它可能也完全不是任何意义上的心脏，
食欲和心率一样，
惜时如金又漫不经心。
策划一次历险，跨过门槛
或更多一些的台阶向上爬，
你可以边看外面的风景
边吸食无形的事物
边向上爬，
空气里也许会散发出精神的味道。

有氧运动

心脏开足马力可以到达
你不敢冒险让它真的到达
折扣在物质以上
文化未满
八五折是野心与小心角力之后
留下的安全边界
体重不仅是数字
它最生动的外部形象存在于
胸口以下
膝盖之上
让人联想起
心胸开阔与膝下黄金的互文

跑起来
缓慢而悠长
走得快一些
更加没完没了
傍晚稍有污染的空气
氧气含量内外平衡
厌倦可能因为厌氧
郊外林间的雨后清晨
有时也会导致醉氧

会有撞到墙上的时候

手腕上的数据

内心里的魔鬼

从身边闪过的人影

都是表面无关暗地里的偷窥者

冷眼首先是自己

想象着多看了自己的那一眼

激烈的有氧运动

接近无氧

球绳跑跳操如爱情动作片

让人喘不过气来

还能再激烈一点的

会不会是那些

不易觉察的心动

在并不十分强壮的心脏中

℃

(题记：7月2日到4日，连续三天高烧。)

从你头部后面的某个地方，
有滑翔伞掠过燥热的草原。
它迅速越过轴线变小飘远，
又多次重复变大回到起点。
草有的已燃烧有的还没有，
伞永不落地也没有目的地，
39.2℃区有无聊的整饬感。
你十分相信
你不是滑翔伞上那个滑了翔的操纵者，
你凝神观看
你变换景别能认出那头部后面的轮廓，
你自己无疑。

从跳动的神经元聚集成的火山区走出去
至少还得三天时间。
你的防辐射服已经破损，
接种的疫苗早已过期，
特效药和私人向导一样昂贵。
见习炼狱也许这次不仅转正，
还成功升级。
没有岩浆里能撑的船和维吉尔，
烟火不再升上天空，

而是从天空坠地成为燃烧弹，

揭示你层次丰富的疼痛。

你想过

你也只是很小的时候来过这里，

这一次

你真不一定能走出这41.2℃区。

37.2℃是一个有人值守的边界，

这边的地质公园里，草地可以露营，

爆发了的火山也只是一种观赏游戏。

不反对撒欢不提倡撒野，

一切不鲜艳显眼，似乎很灰色平淡。

越界者中有一小部分是好奇和主动的，

更小的一部分还是勇敢的，

只有那些极少的一部分用信念支撑，

跨过去跑过去再安全地回来，

哪怕到了43.2℃甚至更未知的领域。

如果能回来，

这里就会被称为天堂，

慢慢改造成也可以。

机体、集体；

功能、记忆；

温度这个变量的微小变化，

会打开

血液和它的各种隐喻组成的盲盒，

也难说会有意外和惊喜。
比如热血,
特别是那些被嘲笑和诋毁的热血,
它的函数式就是这样的:
冲动、幼稚、不知轻重的表面下,
一剂良方、一场大汗、一次涅槃,
不死板套用什么三体或三位一体,
只管起来、出去、继续,
即便百年,依然少年!

行囊

原来是为了到达水草丰茂的地方,
走着走着就被不相关的灯火吸引,
玻璃幕墙的那些反光,
日落之后艳丽的霓虹,
整个街区像是被放进了橱窗,
人们被放进了购物袋,
潜意识与潜在顾客的关系暧昧,
又博弈又媾和。
来时的背包之所以空空,
多一件换洗的衣裳都不装,
还不是想留给返程时,
多带一些万一找到的宝藏。
可是就只是站定在那里,
或在很短的距离里来回踱步,
到不了也走不脱。
以为匆匆而过不会生出什么枝节,
丰收很物质化,被忽略的无形事物
也不一定都是传说中的塞壬之歌。
反复经过都市也觉察不出它的魔力,
明明已经成了行走的皮囊,
还以为行囊里装着自己的梦想。

低烧十四行

平静生活里少不了偶然的戏剧性,
没有很大的疼痛需要故意被窃听或者忽略,
按照经验热点问题再过几天就会冷却,
感觉到了吗?此刻空调的凉风徐徐吹过你的头顶。
汗水为什么会有些义愤填膺,
好像它就是受了委屈然后变了身的热血,
在那些你想躺下来的地方很多人向上跳跃,
体温和心率的数值不升,那就在短时间内走到零。

一场球赛能辨别替补的思想境界,
目标明确的僭越时常半途而废,
它可不像团队建设的口号那样堂皇冠冕。
几则新闻会让人凝神注目甚至思考幻灭,
体温潜行在警戒线的边缘,内火源于心肺,
对周遭的敬畏多少都带有一丝戏谑。

青鸟十四行

通往幸福的水路像山路一样崎岖，
你却可以在天空中飞翔，
谁也不能夺走你的翅膀，
云端的啼鸣，在涅槃之余。
歌唱的姿势引吭向上，不需要言语
传递快乐或者悲伤，
用爱人身边的逡巡替代迁徙，彷徨
改变不了羽毛的颜色，即便脱落如飞絮。

殷勤无关乎天地和身体的大小，
于别人的睡梦中，纵身一跃
你甚至不在意有无或者多长出一只脚。
至于那些猝不及防的苍老，
就像神话或者童话里随意飘落的雪，
阻挡不了诗中你这只看似脆弱的青鸟。

雨夜十四行

黑暗中的微光失去了反射的机会,
雨水很不甘心地落入潜意识的墙角,
泪珠可数,经历了易于反复的后悔,
挥发到还剩下最后一滴来冲洗骄傲。
家徒四壁,再深沉的呼吸也到达不了屋顶,
在这个时刻如果你循着寂静走到外面去,
路口会闪现人们白天经过这里时的身影,
流浪动物在叫春,像孩子饥饿中的哭泣。
跟下雨无关,这个街区湿气很重,
夜色像是给它罩上了不透气的黑色塑料雨衣,
很少有人像你一样忍受不了这小小的病痛,
就算有宵禁,他们也不会真的抱怨生气。
可推窗也可推门出去,失重或释重的一瞬,
想象一下这样暗黑的雨夜你如果没法成为是否也希望遇到明晃晃的刀刃?

天然呆

配合红外线测量体温,
还自觉佩戴口罩,
搭乘火车进站之后,
你随着人流走入工厂大门。
骨骼外露的机器早已进化出血肉,
甚至眼睛和脑子,
这不,健康机器人出现在你的面前,
诊断你的健康,
也就是说,
看看是否能够把你从健康的人群中
分离出来。

如若深度学习就像深度睡眠一样,
难以自主察觉,
那么创新有效的算法,
是不是可以理解为会像安眠药一样起作用?
好吧,你根本不懂卷积神经网络有多复杂,
狂风卷积着乌云,
它有效提取事物特征的方法,
比最深度的新闻报道还要不择手段。
当然是巧合,它的简称也叫CNN,
俗话怎么说的来着:
做人不能太CNN!

还真是，原本就是一台机器
想要修炼成人形甚至进化为人，
看人看得那么透彻，确实
有点不会做人。

你想纵身跃入泳池，
隐藏你那一眼便知的困惑，
混迹于芸芸众生
或者浮在云端，
在他们眼里
与包裹在这些单纯的水分子里没有区别，
一种叫作池化的手段都会找到你。
你想啊，你总有露出水面换气的时候，
大众脸的浮肿和茫然程度，
到时会被神秘的云迅速计算出来。

你难道没有听说过一个复杂的算法
以演员和评论家命名？
所以你再怎么体验生活和使用方法，
再有多么谄媚或毒舌，
在他们面前都会显得十分幼稚。
你固然可以这么想：
对立面不一定都是敌人，
你和他们一遍一遍地投入演，
一次一次地认真评，
也许大数据还是能够辨别出

本质上
你这是久违的单纯。
危险和机遇虽然并存,
但你这个家伙看来凶多吉少:
因为无论再怎么包装,
天然呆
都是人工智能的反义词。

残次品

下弦月的眉眼低垂，
万有引力只剩圆满时的一小半，
你在这样的夜晚和我隔着视距交谈，
词语与微弱的潮汐纠缠，
湖水连着溪水在记忆中安静地流淌，
脑中的闹钟，叮咚声与淙淙声
听觉残留在没有意识到的角落。

微雨的清晨，薄雾中
你丢失了计步用的手表，
它当然也可以用于计算时间，
你得伪装成想要倾诉的宿醉者，
才能补上一场回笼觉。
胸前那片湿地，
你用口水和泪水灌溉了很久，
竟然还是不能保证睡眠
不被打扰。

我该如何追述那些故意遗漏的细节，
才能让你相信即便回到昨夜，晚归之人
依然难掩对于次日
再次相会的渴望。
那条我们时常走过的小河，

河边有人投下孤独的倒影。
柳树抽出新枝,
春风借机裁剪往事,
嫩绿和不切实际的幻想一样,
经不起一场稍有力度的风雨。

起初并没有落日,
后来满月才敷上夜晚的伤口。
我约好了见你,
很晚才想好见面时该怎么寒暄,
有意思的是,这样的谎言
告别时
还可以再说一遍:
我们在老地方喝啤酒,
老得比醉得还要快。

左拐

等左拐红灯时,
我目睹了一场离别。

从车里看闹市区的街对面,
人潮中总有一些间隙,
用于嵌套
人们之间的私密情感。
女孩们抽着电子烟,
当季新款的女装站立在她们对面,
女孩们静静地没有言语,
橱窗里的模特一般沉默。
她们中的一个
没有征兆转身离开时,
另一个没有追上去。
她们是恋人还是朋友我说不清,
留下来的女孩
低头哭泣的声音我也听不见。

这是个城市里最繁忙的十字路口,
左拐的红灯足有四分半钟的时间,
平时你会觉得红灯旁边的数字跳到零,
如此单调和漫长。
今天对于这场离别,

秒针顺时针方向不断右拐的这四圈半，
显得那么仓促和不可逆转。

协奏曲

人声什么时候才会出现,中断
作为竞演乐器的大提琴?
弦乐声部丝丝入扣,
适时夸大的呼吸感,
共鸣是一个重要参数。
在一大群演奏员之中,太阳号手
渲染深沉的情感。
木管在几个乐章之后沉默,
留白的地方,
和声如泣如诉。
打击乐从这严谨的秩序中退场,
缺席者在纷杂的夜色里自嘲,
曲终人散,为时尚早,
巴洛克时代遗留下来的管风琴,
远远晚于琴瑟的和鸣。
角色扮演游戏的背景音乐,
为何出现在舞台的最前端?
作为闯入者的小号,忧虑
竹不如肉的道理是否对金属有效?
荒诞的前台逻辑,还有
那些在后台泛起的迷雾,
胁迫着协奏休止,
于莫须有的破音。

一声咏叹或胜于呐喊，

一颗子弹穿越大剧院，

孤独者

与千百个寂寞集体的尊严。

动

类似一种偏执的游戏，
不断测试立定能跳多远，
这是对核心力量
和肾上腺素的检验。
哪有什么谋定而后动？
纵身一跃，就能跨到对岸
那该多么令人振奋！

夜色中的苏州河，
河面上架着很多桥，
这边到那边，过去到现在。
河水像白天一样静静地流淌，
岸边的人们走走停停。
有人告诉你，起跑
就要冲刺，
心率和配速不过是
理工男多功能腕表上显示的数字，
与愉悦和幸福无关。
光谱在每秒二十四次的折射中，
不会真的变成桥梁，只是成了背景灯。
跑习惯了，
不用别人多嘴，
你自己的多巴胺都会提醒你说，

步道跑起来更舒服,

而路灯肯定比彩虹更实用。

静

窗帘向内卷得厉害，
遮不住外面的纷扰，
偌大一片花园，
被铺上用于比赛的塑胶跑道。
书桌应该是安静的，
却被踩在脚下，
他们争抢着
难道就是为了早点用头撞到天花板？
生命是一场旅途，
用打枣的姿势打猎，或者打脸
鸡血与鸡毛的荒诞辩证法。
风不止，
至少病床应该是安静的。

透

积分榜上的数字如蚂蚁，
触角敏锐，引人注意，
气味博物馆里的体香，
唤起的是表演欲。
心悸于心机，
有关预兆的度量标准，
制定日期一拖再拖，
拖入审计员的人工智能算法预谋的
泥潭，血液开始
透析。

想要给知识库褪去染色体，
要用的洗面奶不多，
省下的洗发水足够给隐私
来场泡泡浴。
泥封函谷，工作与时日
交错
每天一报的身体状况，
足够再健康一段时间。
什么仪器可以
透视失眠时
失去的快速眼动期。

应该已经尽力,
能答对的问题还是那几个,
每次你都从头问起,
仿佛我们从没有过交谈,
仿佛我们之间
隔着昨日
预约辩论时呕吐的污秽。
让眼底的大水重来,
漫过年少无知那一年的河堤,
冲洗错觉与些许的抑郁情绪。
可以这么说吗?
透明的东西是高尚的。

梯田

要说孤独,油菜花孤独
多却单一的金黄色忧郁地弥漫
沉默不是老虎柔软的步容
也不是向日葵无理由的热烈
表面虽然相似,无意义疯了
谷物结穗时实际带着鄙夷的目光

要说丰富,梯田丰富
山的环抱有溺爱的味道
拾级而上是很暧昧的
山水整容了一般多了些层次
重重,是一个象声词
动情时才会响起

人间四月芳菲,山里的花还未开
无用的粉色和白色
比同样无用的金黄
少了油腻,多了为结出果实事先的张扬
好在油菜花长在梯田
梯田也懂得山的春秋与水的上下
因此这么孤独的花,这么成群

夜跑或晨跑,兼论时差

来时的夜路有月亮照着

回去时天亮了

天亮得早

本地人起得不早

少有人赶路

也不和陌生人打招呼

海鸥和乌鸦的叫声

天亮没亮都能听见

再早一些,你那边几点

刚吃完晚饭不久不要跑步

就像晨跑要在早餐之前

人行道的宽度和空气质量

适合大口呼吸,但要控制心率

隔开这么远,习惯成自然

上一次是秋天,枫叶很红

香烟坦然面对心肺

甜酒和糖嘲笑代谢问题

街道上奔跑的都是别人

早晚就算不需要工作

没有应酬,也不会去跑步

现在呢?夜跑和晨跑

在时差中互为镜像
它们也成了生活的倒影

这里和那里
飞十小时克服十五小时的时差
此时和彼时
恍如昨日转眼竟接近二十年

春

微风吹过耳畔

又吹入心里

清晨,上班途中

经过常走的街道

这时,雨停了

太阳光什么时候

能照耀呢

偌大一个城市

放眼望去

似乎都是些等待春光

内心孤独的人

手

夜风的问题在于下手太软
吹不过天明
阳光的弱点是刺眼
那丝温暖的安慰作用
如同双手交错抚过面纱

美好的梦也常有欺骗性
刚醒来时想起的人
往往是亲手带来痛苦的人
岁末或入睡前,手指蘸着口水
盘点收支与生死

歌颂者在挂满肖像画的廊道里
练习发声技巧和折返跑
那些已经失去的时光
变成了水和沙子,流逝前
还以为会始终捧在手里

如若同样需要被捧在手里
那生命要多么微小才行
或者,真有什么伟大的人物
手真有那么大,还没有缝隙
一切尽在掌握之中

后记：再次回归的"个人写作"

程 波

这本诗集里的作品是我在近两三年时间的碎片时间里写的，相比工作中的项目、论文、评论文章，甚或是剧本和小说，诗歌不仅仅是因为短小，而更是因为某种迷人的"个人写作"气质，和时间的碎片化能形成一种契合，进而让短暂时间可以具有一种延展和超越性，可以与过往的某些更长的时间发生联系，也能让原本非常隐性的抽象个体变得可见和具体起来。

诗歌似乎是青春的文字，1993 我刚上大学时，复旦校园里的文学和诗歌氛围还延续了 1980 年代的尾巴，诗社活动还很热烈，阅读、写作、朗诵、交流频繁。现在回想，对我来说，诗歌是具有艺术启蒙性的，很多艺术作品、美学观念乃至创作实践的方法和手段，都和那个阶段的读诗写诗有关，诗歌的个体性与作为艺术的方法密切联系在一起。后来我从理工科转读了中文系的研究生，诗歌写作和评论研究同时进行，有关"后朦胧诗"、"第三代诗歌"的诗人诗作以及诸如"汉语诗歌现代性"这样的问题引起了我很大的阐释热情，硕士毕业论文写了"西南联大诗歌与中国现代诗歌现代性转变"，也让我对汉语诗歌的阅读更广了一些。在文学和电影领域，后来我尝试写小说，工作后又开始写剧本、写论文，这些多少更有阅读期待也更似乎具"集体性"和"社会传播"性的文字工作让诗歌的写作一度中断多年。某种意义上说，这本诗集的出现是一种"个人写作"的再次回归。

我理解，这种"个人写作"与T·S·艾略特所说的"非个人化原则"并不矛盾。诗人的成熟与否"在于它是否是个完美的工具，可以让特殊的，或颇多变化的各种情感能在其中自由组成新的结合"，因为诗歌是"自古以来一切诗歌的有机整体"。所谓"非个人化原则"是就诗歌本质而言的，而个体诗人对世界的"介入"，诗歌得以实现的要素。况且，个体生命体验的对象不仅仅是个人的现实处境，也有对"人类整体精神"的解读，比如对前辈诗人"影响的焦虑"的承受与克服；个体生命体验得以转化的心理机制的形成本身就离不开对"非个人化的声音"的倾听。而且也只有在从个人（体验）到个人（阅读）的诗意生成的过程中才可能摒弃虚假的"非个人化"（宏大叙事、以群体阅读期待为目的功利写作），才可能自然而然地发出"非个人化的声音"。

这本诗集中的诗歌，大致可分为两类：一类是较有主题组织在一起的系列作品，比如，围绕节日、节气、电影、文学等展开；或在时间和空间的感受中联通阅读与生活。另一类相对零散，具有明显的随机性，但又被时间这只大手有机地组合在了一起，如同一种流线形的物体，所以"时间的基本形状是纺锤体"就从一首诗的名字变成了这类诗歌乃至这本诗集的名字，这种松散的整体性也更理性地与个体时间、个人写作与个人话语场发生关系，也是对我自己的写作经历的一种螺旋式回归。我特别认同功夫在诗外与诗无定法的说法，但口语和叙事可能是我写作时基于语感之上的所谓隐隐的风格追求：生活、阅读、电影、诗歌本身，特别是被重新理解和认知的中国优秀传统文化（诗，史，戏）都给予了我很多养分，于我而言，口语化与叙事性的结合是在此基础上的一种可能而已。

"口语"当然直观理解就是日常生活的语言，但它又有自己的平仄格律与节奏气韵。"白话新诗"时期的口语自然与"汉语现代诗"意义上的口语写作不同，我想找到的是一种如同絮语和倾诉一般的语言流动，而非板块装的砖瓦砌墙。"叙事"或是一种进行"写作限制"和"写作延续"的努力之一。多年前诗论家程光炜在《不知所终的旅行》一文中写到："叙事性的主要宗旨是要修正诗与现实的传统性关系"，并从"打破规定每个人命运的意识形态幻觉"、"人生态度的转变"、"叙事形式和叙事技巧"、"叙事意图的实现是诗人、作品、读者、知识气候四者循环往复"四个方面阐述了"叙事"的功能。"叙事"是诗人找到的关注现实生活（个体生命体验的重要来源之一），在主观和客观、表层和深层、文本和意义之间寻求和谐的手段。"写作的限制"表现为对种种不向现实言说的诗歌观念和形式的摒弃；"写作的延续"则表现为诗人均自觉地"深度开掘"现实生活及个体生命体验中的诗意。当然，"叙事"不应成为新的经典式的约束力，"叙事"只是"写作限制"的一个取向，它的意义在于：它体现了诗人与现实的紧密关系；而不在于：诗人与现实的关系仅在于此。"叙事"等写作的可能性相对于"权力话语"，是经历了纷杂变化之后的螺旋式上升的结果。作为综合体的"个人写作"还与某些命题有着相似之处，明确这一点，有利于我们进一步对"个人写作"的外延有"大致如此"的了解。比如"中年写作"（相对于"青春期写作"）对"重复"的强调，有寻求作品内在形式最小化的倾向，这与"写作的限制"和"写作的延续"有着共同的意蕴；比如"知识分子写作"（相对于"大众化写作"）对个人独立立场和真诚与责任感的呼求也可看作是"个人写作"的特质；比如"本土写作"对现实语境的重视和对"仿写西方现代诗"的警惕，"个人写作"也应具有。

在现在的人生阶段上，对我来说，诗歌是歌唱与奔跑的对应，也是一种身心的结合；诗歌是房子建在水上的漂流与荡漾，也是人世中千百个寂寞集体的基本形状缝隙里自洽的个人性与孤独感。"个人写作"的回归看似在参照过去，但它也是向着未来敞开的，在纺锤一般的"时间晶体"中，可能性与未完成性是诗歌最迷人的地方之一。

2024 年 4 月

图书在版编目（CIP）数据

时间的基本形状是纺锤体 / 程波著. -- 上海：上海文艺出版社, 2024. -- ISBN 978-7-5321-9045-4

Ⅰ. I227

中国国家版本馆CIP数据核字第2024D4M144号

发 行 人：毕　胜
策划编辑：李伟长
责任编辑：李　霞
装帧设计：白砚川

书　　名：时间的基本形状是纺锤体
作　　者：程　波
出　　版：上海世纪出版集团　上海文艺出版社
地　　址：上海市闵行区号景路159弄A座2楼 201101
发　　行：上海文艺出版社发行中心
　　　　　上海市闵行区号景路159弄A座2楼206室 201101 www.ewen.co
印　　刷：崇明裕安印刷厂
开　　本：1240×890 1/32
印　　张：11.75
字　　数：94,000
印　　次：2024年9月第1版 2024年9月第1次印刷
Ｉ Ｓ Ｂ Ｎ：978-7-5321-9045-4/I.7120
定　　价：69.00元
告 读 者：如发现本书有质量问题请与印刷厂质量科联系　T: 021-59404766